Alessandro Baricco

Emmaüs

Traduit de l'italien
par Lise Caillat

Gallimard

Titre original :

EMMAUS

© Alessandro Baricco, 2009.
Tous droits réservés.
© Éditions Gallimard, 2012, pour la traduction française.

Écrivain, musicologue, auteur et interprète de textes pour le théâtre, Alessandro Baricco est né à Turin en 1958. Dès 1995, il a été distingué par le prix Médicis étranger pour son premier roman, *Châteaux de la colère*. Avec *Soie*, il s'est imposé comme l'un des grands écrivains de la nouvelle génération. Il collabore au quotidien *La Repubblica* et enseigne à la Scuola Holden, une école sur les techniques de la narration qu'il a fondée en 1994 avec des amis.

Prologue

La Spider rouge fit demi-tour et se rangea à hauteur du garçon. L'homme au volant manœuvrait avec beaucoup de calme, et ne semblait ni pressé, ni inquiet. Il portait un bonnet élégant, la voiture était décapotée. Il s'arrêta et, avec un sourire bien dessiné, dit au garçon Tu as vu Andre?

Andre, c'était une fille.

Le garçon comprit mal, il comprit que l'homme voulait savoir s'il l'avait vue en général, dans la vie — s'il avait vu quelle merveille elle était. « Tu as *vu* Andre? » Comme une chose entre hommes.

Aussi le garçon répondit Oui.

Où ça?

L'homme continuant à afficher un vague sourire, le garçon continua à comprendre les questions de travers. Ainsi il répondit Partout. Puis il se dit qu'il devait être plus précis, et ajouta De loin.

Alors l'homme fit oui de la tête, comme pour dire qu'il était d'accord, et qu'il avait compris. Il souriait toujours. Porte-toi bien, dit-il. Et il repartit, mais sans appuyer sur l'accélérateur — il semblait qu'il n'avait jamais eu besoin d'appuyer sur l'accélérateur, dans sa vie.

Quatre rues plus loin, au niveau d'un feu qui clignotait inutilement au soleil, la Spider rouge fut emboutie par une camionnette folle.

Il faut savoir que l'homme était le père d'Andre.

Le garçon c'était moi.

Cela remonte à plusieurs années.

Emmaüs

Comme son amour fut immense
Immense fut sa souffrance.

Giovanni Battista Ferrandini,
Les larmes de Marie (env. 1732)

Nous avons tous seize, dix-sept ans — mais sans le savoir vraiment, c'est le seul âge que nous pouvons imaginer : nous avons du mal à connaître le passé. Nous sommes tout à fait normaux, il n'est pas prévu d'autre plan que celui d'être normaux, c'est une inclination dont nous avons hérité par le sang. Durant des générations nos parents ont travaillé à limer la vie jusqu'à lui retirer toute évidence — la moindre aspérité qui pourrait nous signaler au regard éloigné. Avec le temps, ils ont fini par avoir une certaine compétence en la matière, des maîtres de l'invisibilité : la main sûre, l'œil averti — des artisans. C'est un monde dans lequel on éteint la lumière, en sortant des pièces — les fauteuils sont recouverts de cellophane, dans le salon. Les ascenseurs présentent parfois un mécanisme qui permet d'accéder au privilège de la montée assistée seulement en introduisant une pièce de monnaie. L'utilisation en descente est gratuite, bien qu'en général considérée comme inessentielle. Dans le réfrigérateur on garde les blancs d'œufs dans un verre, et on va rarement au restaurant, toujours le dimanche. Sur les balcons, des stores verts protègent de la poussière des avenues des petites plantes coriaces et muettes, qui ne promettent rien. La lumière, souvent, est considérée comme une gêne. Guettant la brume, aussi absurde que cela puisse paraître, on vit, si cela peut s'appeler vivre.

Toutefois nous sommes heureux, ou du moins nous croyons l'être.

Dans l'attirail de la normalité réglementaire il faut prendre en compte le fait, incontournable, que nous sommes catholiques — croyants et catholiques. En réalité elle est là l'anormalité, l'aberration qui vient renverser le théorème de notre simplicité, mais à nos yeux tout paraît très ordinaire, réglementaire. On croit, et il ne semble pas y avoir d'autre possibilité. Néanmoins, on croit avec férocité, et avidité, non dans une foi tranquille, mais dans une passion incontrôlée, comme un besoin physique, une nécessité. C'est le germe de quelque folie — l'ombre évidente d'un orage à l'horizon. Mais pères et mères ne lisent pas la bourrasque qui approche, au contraire ils ne lisent que le faux message d'un doux consentement aux orientations de la famille : ainsi ils nous laissent prendre le large. Des jeunes qui passent leur temps libre à changer les draps de malades oubliés dans leur propre merde — personne ne le voit comme ce que c'est — une forme de folie. Ou le goût de la pauvreté, la fierté de porter des vêtements misérables. Les prières, prier. Le sentiment de culpabilité, toujours. Nous sommes des désadaptés, mais personne ne veut le voir. Nous croyons au Dieu des Évangiles.

Ainsi le monde a, pour nous, des frontières physiques très immédiates, et des frontières mentales fixées comme une liturgie. C'est là notre infini.

Plus loin, au-delà de nos habitudes, dans un hyperespace dont nous ne savons presque rien, il y a les autres, silhouettes à l'horizon. Ce qui saute aux yeux, c'est qu'ils ne croient pas — apparemment ils ne croient en rien. Mais aussi une certaine familiarité avec l'argent, et les reflets luisants de leurs objets et de leurs gestes, la lumière. Ils sont sans doute simplement riches — et notre regard est le regard d'en bas de toute bourgeoisie cultivée dans son effort d'ascension — des regards issus de la pénombre. Je ne sais pas. Cependant nous percevons clairement qu'en eux, pères et fils, la chimie de la vie produit moins des formules exactes que de spectaculaires arabesques, comme oublieuse de sa fonction régulatrice — science ivre. D'où notre impression d'être face à des existences incompréhensibles — écritures dont on a perdu la clé. Ils ne sont pas honnêtes, ils ne sont pas prudents, ils n'ont pas honte, et ce depuis un sacré bout de temps. Évidemment ils peuvent compter sur des greniers pleins jusqu'à l'invraisemblance, car ils dissipent sans mesure les récoltes des saisons, qu'il s'agisse d'argent ou même juste de savoir, d'expérience. Ils moissonnent sans distinction le bien et le mal. Ils brûlent la mémoire, et dans les cendres lisent leur futur.

Ils vont solennels, et impunis.

De loin, nous les laissons passer dans nos yeux, et quelquefois dans nos pensées. Il peut arriver également que dans son fluide agencement quotidien la vie nous amène à les effleurer, par hasard, suspendant durant de courts instants les distinctions qui viennent naturellement. Ceux qui se mélangent ce sont les parents, d'habitude — plus rarement l'un d'entre nous, une amitié passagère, une fille. Ainsi nous pouvons les regarder de près. Quand ensuite nous regagnons les rangs — pas vraiment renvoyés dans notre camp, plutôt soulagés du fardeau —, il nous reste en mémoire quelques pages ouvertes, écrites dans leur langue. Le son plein, rond, qu'émettent les cordes de leurs pères, au tennis, quand les raquettes frappent la balle. Les maisons, surtout celles à la mer ou à la montagne, qu'ils semblent souvent oublier — sans problème ils laissent les clés aux enfants, sur les tables de chevet traînent encore des verres enduits d'alcool, et dans les coins des sculptures antiques, comme dans un musée, mais des armoires dépassent des chaussures vernies. Les draps, noirs. Les photos, tous bronzés. Quand nous étudions avec eux — chez eux — le téléphone sonne en permanence et alors nous voyons leurs mères, qui souvent s'excusent de quelque chose, mais toujours en riant, et avec un ton de voix que nous ne connaissons pas. Puis elles s'approchent et nous passent une main dans les cheveux, en disant quelque chose comme des petites filles, et appuyant leur sein contre notre bras. Enfin il y a la servitude, et des horaires absurdes, comme improvisés — ils ne semblent pas croire au pouvoir salvateur des habitudes. Ils ne semblent croire en rien.

C'est un autre monde, et Andre vient de là. Distante, elle apparaît de temps en temps, toujours dans des histoires qui ne nous regardent pas. Bien qu'elle ait notre âge, elle traîne souvent avec des plus vieux, et cela la rend encore plus étrangère, et insaisissable. Nous la voyons — difficile de dire si elle nous voit. Elle ne connaît probablement pas nos prénoms. Le sien c'est Andrea — dans nos familles c'est un prénom de garçon, mais pas dans la sienne où, même en le prononçant, on a d'instinct une certaine inclination au privilège. Et ils ne se sont pas arrêtés là, parce que en plus ils l'appellent Andre, avec l'accent sur le A, un prénom qui n'existe que pour elle. Ainsi, pour tout le monde, elle a toujours été Andre. Elle est, naturellement, très belle, ils le sont presque tous, dans ce monde-là, mais il faut dire qu'elle l'est d'une manière particulière, et sans le vouloir. Elle a quelque chose de viril. Une dureté. Cela nous facilite les choses — nous sommes catholiques : la beauté est une vertu morale, et n'a rien à voir avec le corps, la courbe d'un postérieur ne signifie rien, pas plus que ne doit signifier l'angle parfait d'une cheville fine : le corps féminin est l'objet d'un refoulement systématique. En définitive, tout ce que nous savons de notre inévitable hétérosexualité nous l'avons appris des yeux sombres d'un ami de cœur, ou de la bouche d'un camarade dont nous avons été jaloux. Le contact de la peau, quelquefois, à travers des gestes ébauchés sans comprendre, sous nos maillots de football. Bref, il va de soi que nous nous sentons mieux avec les filles un peu masculines. Andre, en cela, est parfaite. Elle a les cheveux longs, mais elle les porte avec la fougue d'un Indien d'Amérique — jamais on ne l'a vue les arranger ou les brosser, elle les porte et c'est tout. Toute sa splendeur réside dans son visage — la couleur de ses yeux, l'angle saillant de ses pommettes, sa bouche. Il ne semble pas nécessaire de regarder autre chose — son corps est simplement une façon d'être, de prendre appui, de s'en aller — c'est une conséquence. Aucun de nous ne s'est jamais demandé ce qu'il y avait sous son pull, il n'est pas urgent de le savoir, et cela nous plaît. C'est suffisant, pour tout le monde, cette façon qu'elle a de bouger, à chaque instant — une élégance héritée de gestes et de murmures, prolongement de sa beauté. À notre âge personne ne contrôle vraiment son corps, on marche avec l'hésitation du poulain, nos voix ne sont pas les nôtres : mais elle semble déjà vieille, tant elle connaît, de chaque attitude, les nuances, d'instinct. Bien sûr les autres filles tentent d'imiter ses gestes, ses intonations, mais elles y arrivent rarement, restant dans la construction quand chez elle c'est un don — la grâce. Dans sa façon de s'habiller comme de se tenir — à chaque instant.

Ainsi, de loin, nous sommes fascinés, comme sont fascinés, disons-le, les autres avec nous, tout le monde. Les gars plus âgés reconnaissent sa beauté, et même les vieux, ceux qui ont quarante ans. Ses amies la reconnaissent, et toutes les mères — et la sienne —, comme une blessure au flanc. Tout le monde sait que c'est ainsi, et qu'on ne peut rien y faire.

Pour ce que nous en comprenons, il n'est personne qui puisse dire avoir été le petit ami d'Andre. Nous ne l'avons jamais vue main dans la main avec quelqu'un. Ou échanger un baiser — ne serait-ce qu'un léger contact avec la peau d'un garçon. Ce n'est pas son genre. Elle n'a que faire de plaire *à quelqu'un* — elle semble s'intéresser à d'autres choses — plus compliquées. Certains garçons devraient l'attirer, très différents de nous, évidemment, les amis de son frère par exemple, bien habillés, parlant avec un drôle d'accent, comme s'ils se faisaient un point d'honneur d'entrouvrir à peine les lèvres. Si elle voulait, il y aurait même des adultes qui, nous, nous dégoûtent et qui lui tournent autour. Des types avec des voitures. Et il arrive en effet de voir Andre partir avec eux — dans leurs voitures dégoûtantes ou sur leurs motos. Surtout le soir — comme si l'obscurité l'aspirait dans un cône d'ombre auquel nous n'avons pas accès. Mais tout cela n'a rien à voir avec le cours naturel des choses — concernant les garçons et les filles ensemble. C'est comme une vidéo dont certains passages auraient été coupés. Il n'en résulte pas ce que nous appelons amour.

Ainsi elle n'appartient à personne, Andre — mais nous savons, en même temps, qu'elle appartient à tout le monde. Il y a sans doute une part de légende dans tout ça, indéniablement, mais ce qu'on raconte autour d'elle fourmille de détails, comme si les gens avaient vu, et savaient. Et nous la *reconnaissons*, dans ces histoires — il nous est difficile de visualiser tout le reste, mais la fille, là au milieu, c'est bien elle. Sa façon de faire. Elle attend dans les toilettes du cinéma, appuyée contre le mur, et l'un après l'autre ils se succèdent, pour la prendre, sans même qu'elle se retourne. Elle s'en va, ensuite, sans récupérer son manteau dans la salle. Ils vont aux putes avec

24

elle, et ça l'amuse beaucoup de rester dans un coin, à regarder — si ce sont des travestis elle les observe et les touche. Elle ne boit jamais, ne fume pas, baise en toute lucidité, consciente de ce qu'elle fait et, dit-on, toujours en silence. Des polaroids circulent, nous ne les avons jamais vus, sur lesquels elle est la seule fille. Cela lui est égal de se faire photographier, cela lui est égal qu'un jour ce soient les pères, le lendemain les fils, tout semble lui être égal. Chaque matin, de nouveau, elle n'appartient à personne.

Nous avons du mal à comprendre. L'après-midi nous allons à l'hôpital, celui des pauvres. Service d'urologie, côté hommes. Sous leur couverture les malades n'ont pas de bas de pyjama, mais un petit tuyau en caoutchouc enfilé dans l'urètre. Le petit tube est relié à un autre tube à peine plus large, qui aboutit dans une poche transparente, attachée au montant latéral du lit. Ainsi les malades pissent, sans s'en apercevoir, ou sans avoir à se lever. Tout s'écoule dans la poche transparente — l'urine est aqueuse, ou plus sombre, jusqu'au rouge sang. Notre rôle à nous consiste à vider ces maudites poches. Il faut déconnecter les deux petits tubes, détacher la poche, aller aux toilettes avec cette vessie pleine dans les mains, et vider le tout dans la cuvette. Ensuite nous retournons auprès des malades et remettons tout en place. La difficulté est cette histoire de déconnexion — tu serres entre tes doigts le tube inséré dans l'urètre, et puis il faut tirer d'un coup sec, sinon il ne se séparera pas de l'autre tube, celui de la poche. Alors tu essaies d'y aller doucement. Nous le faisons en parlant — nous disons quelque chose aux patients, quelque chose de joyeux, tandis que penchés au-dessus du lit nous nous efforçons de ne pas leur faire trop mal. Eux, à cet instant, ils s'en fichent complètement de nos questions, parce qu'ils ne pensent qu'à ce coup de fusil dans leur petit oiseau, mais ils répondent, en serrant les dents, parce qu'ils savent que c'est pour eux qu'on le fait, qu'on parle. Les poches se vident une fois retiré un petit bouchon rouge situé à l'un des coins inférieurs. Souvent au fond il y a du dépôt, comme au fond d'une bouteille. Alors il faut bien rincer. Nous faisons cela parce que nous croyons au Dieu des Évangiles.

Quant à Andre, il faut savoir qu'une fois nous l'avons vue de nos propres yeux, dans un bar — à une heure avancée de la nuit, canapés en cuir et lumières tamisées, avec nombre de ces gars-là —, nous y étions par accident, l'envie d'un sandwich à une heure avancée de la nuit. Andre était assise, d'autres étaient assis, tous des leurs. Elle se leva et sortit en passant près de nous — elle alla s'appuyer contre le capot d'une voiture de sport, garée en double file, feux de position allumés. Un de ces gars arriva, ouvrit la voiture et ils montèrent tous les deux. Nous mangions notre sandwich, debout. Ils restèrent où ils étaient — cela ne devait pas leur faire grand-chose que des voitures passent à côté d'eux — et même quelques piétons, rares. Elle se pencha, glissant sa tête entre le volant et le torse du garçon : qui riait, pendant ce temps, et regardait devant lui. Il y avait la portière qui cachait tout, évidemment, mais par moments on voyait derrière la vitre sa tête à elle qui se soulevait — elle jetait un regard dehors, selon un rythme qui lui était propre. À l'un de ces moments il mit une main sur sa tête pour la ramener vers le bas, mais Andre repoussa la main d'un geste rageur — et hurla quelque chose. Nous continuions à manger notre sandwich, mais nous étions comme hypnotisés. Ils restèrent quelques secondes dans cette position ridicule, sans parler — Andre avait l'air d'une tortue maintenant, la tête hors de sa carapace. Enfin elle la baissa à nouveau, très bas, derrière la portière. Le garçon renversa son cou en arrière. Nous finîmes notre sandwich, et le gars descendit de la voiture, il riait en réajustant sa veste pour qu'elle tombe bien. Ils regagnèrent le bar. Andre nous contourna et regarda l'un de nous comme si elle tentait de se rappeler quelque chose. Puis elle alla se rasseoir sur le canapé en cuir.

C'était bel et bien une pipe, dit ensuite Bobby, qui connaissait la chose — le seul d'entre nous qui savait, vraiment, ce que c'était. Il avait eu une petite amie qui faisait ça. Alors il confirma que c'était une pipe, aucun doute là-dessus. Nous continuâmes à marcher en silence, et il était clair que chacun de nous essayait de remettre les choses en perspective, pour visualiser plus précisément ce qui s'était passé derrière la portière de la voiture. Nous nous forgions une image dans notre tête, et tentions de faire un gros plan. On travaillait avec le peu qu'on avait — moi, j'avais en réserve la vision de ma copine, une fois, avec le bout de ma bite dans la bouche, mais à peine à peine — elle le tenait comme ça, sans bouger, les yeux étrangement ouverts — un peu trop ouverts. De là à imaginer Andre — cela n'était pas aussi simple, incontestablement. En revanche cela devait aller mieux pour Bobby, à coup sûr, et peut-être pour Luca également, pas très loquace sur ces choses-là, mais qui devait en avoir vu plus que moi, fait et vu. Quant au Saint, il est différent. Je n'ai pas envie d'en parler — pas maintenant. Et de toute manière il est de ceux qui n'excluent pas le séminaire, en pensant à ce qu'ils vont faire plus tard. Il ne le dit pas, mais on le comprend. Le travail à l'hôpital c'est lui qui l'a trouvé — c'est une des façons dont nous employons notre temps libre. Avant nous passions nos après-midi avec des petits vieux — nous leur apportions à manger, c'étaient des vieux qui n'avaient pas un sou, des oubliés — on allait dans leurs appartements minuscules. Puis le Saint découvrit ce plan de l'hôpital social, et nous dit que c'était bien. En effet nous aimons, après, sortir au grand air, avec encore l'odeur de pisse dans les narines, et marcher la tête haute. Sous leurs couvertures, les vieux malades présentent des membres fatigués, avec des poils blancs tout autour, comme les cheveux, blancs. Ils sont très pauvres, n'ont pas de parents pour leur apporter le journal, ils ouvrent des bouches rances, se lamentent de manière nauséabonde. Il faut vaincre une bonne dose de dégoût, face à la saleté, aux odeurs, et autres détails — pourtant nous en sommes capables, et nous en retirons en échange une chose difficile à exprimer — comme une certitude, la consistance pierreuse d'une certitude. Nous sortons dans l'obscurité plus forts, et en apparence plus vrais. Cette obscurité qui chaque soir engloutit Andre et ses aventures dissolues, bien qu'à d'autres latitudes de l'existence, arctiques, extrêmes. Aussi absurde que cela puisse être, nous avons les mêmes ténèbres, tous.

Parmi nous il y en a un, comme on l'a vu, que nous appelons Bobby. Il a un grand frère qui est le portrait craché de John Kennedy. D'où Bobby.

Un soir, sa mère mettait un peu d'ordre dans la cuisine — ils finirent par parler d'Andre. Nos mères parlent d'Andre, à l'occasion, tandis que les pères esquivent avec une grimace indéchiffrable, tellement cette fille est belle et scandaleuse — en parler les met mal à l'aise, ils préfèrent passer pour des asexués. Donc cette mère en parla au contraire, avec Bobby. Elle dit : pauvre enfant. Pauvre enfant n'étaient pas les mots qui venaient à l'esprit de Bobby, s'il pensait à Andre. Aussi sa mère dut s'expliquer. Elle roulait les serviettes et les glissait dans des petits ronds de bois, de plastique en réalité, colorés. Elle dit que cette fille n'était pas comme les autres. Je sais, dit Bobby. Non, tu ne sais pas, dit-elle. Et elle ajouta qu'Andre s'était tuée — c'était arrivé longtemps auparavant. Ils restèrent un moment silencieux. La mère de Bobby ne savait pas si elle devait continuer. Elle a tenté de se tuer, dit-elle enfin. Puis elle insista beaucoup auprès de Bobby pour qu'il n'en parle à personne — c'est comme ça que nous l'avons su.

Elle avait choisi un jour de pluie. Elle portait plusieurs couches de vêtements. En tout premier elle avait mis un caleçon de son frère. Puis elle avait continué avec des tee-shirts, des pulls, et une jupe par-dessus son pantalon. Même des gants. Un chapeau et deux manteaux, un léger, dessous, et un plus épais. Elle avait également aux pieds des bottes en caoutchouc — en caoutchouc vert. Ainsi harnachée elle était sortie, pour aller sur le pont, celui qui surplombait le fleuve. Comme il faisait nuit, là-bas il n'y avait personne. Quelques voitures, guère disposées à s'arrêter. Andre s'était mise à marcher sous la pluie, elle voulait que tous ses habits soient trempés pour devenir lourde comme une épave. Elle marcha longuement, allant et venant, jusqu'à sentir le poids de tout cet attirail ruisselant. Alors elle enjamba le parapet en fer et se jeta à l'eau, qui à cette heure était noire — l'eau du fleuve noir.

Quelqu'un la sauva.

Mais une personne qui a commencé à mourir ne s'arrête jamais, et maintenant nous savons pourquoi Andre nous attire au-delà de tout bon sens, et malgré toutes nos convictions. Nous la voyons rire, ou faire des choses comme se balader en scooter, caresser un chien — certains après-midi elle traîne avec une amie, main dans la main, et elle a des petits sacs dans lesquels elle met des choses utiles. Toutefois nous n'y croyons plus car nous avons à l'esprit ces moments où elle tourne soudainement la tête en cherchant quelque chose, les yeux terrorisés — de l'oxygène. Même la grâce qu'elle a, le cou renversé en arrière, le menton relevé — la grâce de se tenir ainsi. Sur le fil d'une rivière invisible. Et chacun de ses égarements, imprononçables ou indécents, qui nous laissent sans voix. Ce sont comme des éclairs, et nous les comprenons.

C'est qu'elle meurt. Andre — meurt.

Puis Bobby demanda à sa mère pourquoi Andre avait fait ça, mais là sa mère s'embrouilla un peu, on devinait que la fin de l'histoire, elle ne tenait pas du tout à la raconter, elle ferma un tiroir brutalement, avec une force qui n'était

31

pas nécessaire ; nos mères ne gaspillent rien, pas même la pression d'une main sur la poignée d'un tiroir — mais elle le fit, et cela voulait dire qu'on n'en parlait plus.

Une fois nous sommes allés sur le pont, un soir, parce que nous voulions voir l'eau noire — *cette* eau noire. Moi, Bobby, le Saint et Luca, qui entre tous est mon meilleur ami. Nous y allâmes à vélo. Nous voulions voir ce qu'avaient vu les yeux d'Andre, pour ainsi dire. Nous voulions sentir la densité de l'air, pour imaginer s'y jeter. Il y avait aussi la vague idée de se mettre debout sur le parapet, ou peut-être de se laisser pendre un peu en avant, au-dessus du vide. En se tenant bien, tout de même, parce que nous sommes tous des jeunes gens qui arrivent à l'heure pour dîner — nos familles croient au bienfait des habitudes et des horaires. Donc nous allâmes sur le pont : mais l'eau était si noire qu'elle semblait épaisse et lourde — de la boue, du pétrole. C'était horrible, il n'y avait pas d'autre terme. Nous regardions en bas, appuyés contre le fer glacé du parapet, fixant les veines huileuses du courant, et le noir sans fond.

S'il existait une force susceptible de pousser quelqu'un à sauter, nous ne la connaissions pas.

Nous sommes pleins de mots dont on ne nous a pas appris la vraie signification, et l'un d'eux est le mot douleur. Un autre est le mot mort. Nous ignorons ce qu'ils désignent, mais nous les utilisons, et c'est là un mystère. C'est le cas également avec des mots moins solennels. Bobby me dit une fois que quand il était plus jeune, à quatorze ans, il avait assisté à une réunion paroissiale consacrée au thème de la masturbation, et la chose curieuse était que lui, à l'époque, ne connaissait pas du tout le sens du mot masturbation — en réalité il ne savait pas ce que c'était. Cependant il y était allé et, de surcroît, il avait donné son avis et participé activement, il s'en souvenait bien. Il dit qu'en y repensant, il n'était même pas sûr que *les autres* savaient de quoi ils parlaient. Si ça se trouve le seul dans le tas qui se branlait vraiment c'était le prêtre, dit-il. Puis pendant qu'il me racontait cette histoire, un doute dut le saisir, alors il ajouta : tu vois de quoi je parle, pas vrai ?

Oui, je vois. De masturbation, je sais ce que c'est.

Eh bien moi, je ne le savais pas, dit-il. Je pensais à ces fois où je me frottais contre mon oreiller, le soir, parce que je n'arrivais pas à dormir. Je le mettais entre mes jambes et je me frottais. C'est tout. Et j'ai participé à un débat là-dessus, tu te rends compte ?

Nous sommes comme ça, nous utilisons plein de mots dont nous ne connaissons pas la signification et l'un d'eux est le mot douleur. Un autre est le mot mort. C'est pourquoi ce soir-là il nous fut impossible d'avoir les yeux d'Andre, et de regarder l'eau noire, depuis le pont, comme elle l'avait regardée. Elle qui, contrairement à nous, vient d'un monde sans barrières, où l'aventure humaine ne suit pas le cours protecteur de la normalité, mais s'éparpille, jusqu'à happer chaque mot lointain, aussi acéré soit-il — et en tout premier lieu celui qui exprime le fait de mourir. Dans ce monde on meurt souvent sans attendre la vieillesse, comme impatient, et la familiarité avec le mot mort est telle qu'il n'est pas rare de trouver dans leur passé récent le cas d'un oncle, d'une sœur, d'un cousin, qui a été tué — ou qui *a* tué. Nous mourons, de temps à autre, eux sont des assassins et des assassinés. Si je cherche à expliquer l'écart de caste qui nous sépare, rien ne me semble plus pertinent que de remonter à ce qui les rend irrémédiablement différents, et en apparence supérieurs — leurs destins tragiques. Une certaine expérience du destin, et en particulier du destin tragique. Alors qu'en ce qui nous concerne — il conviendrait de dire que le tragique, nous ne pouvons nous le permettre, et peut-être qu'un destin non plus —, nos pères et nos mères diraient que *nous ne pouvons nous le permettre*. Nous avons donc des tantes qui passent leur vie en fauteuil roulant suite à des attaques d'apoplexie répétées — elles bavent poliment et regardent la télévision. Pendant ce temps, dans leurs familles à eux, des grands-pères en complet signé se balancent, tragiques, sous des poutres auxquelles ils se sont pendus après plusieurs échecs financiers. Tout comme il se peut qu'un jour ils aient retrouvé leur cousin le crâne fendu par un coup bien porté, de haut en bas, dans le décor d'un appartement florentin — objet du délit : une statuette hellénistique représentant la Tempérance. Nous, au contraire, nous avons des grands-pères qui vivent éternellement : ils vont tous les dimanches, y compris le dernier avant de mourir, dans la même pâtisserie, à la même heure, acheter les mêmes gâteaux. Nous avons des destins mesurés, qui semblent répondre à un mystérieux précepte d'économie domestique. Ainsi, exclus du tragique, nous héritons de la bagatelle du drame — en même temps que de l'or pur de l'imagination.

Ce qui nous rendra pour toujours médiocres, isolés — et intouchables.

Mais Andre vient de l'autre bord, et quand elle regarda l'eau sombre elle vit passer un fleuve dont elle connaissait les sources depuis son plus jeune âge. Comme nous commençons à le comprendre, tout un enchevêtrement de morts tisse la sienne, et à travers la sienne se prolonge la trame d'une mort unique, générée par la machine de leurs privilèges. Elle avait donc enjambé le parapet en fer, quand nous parvenions tout juste à nous pencher timidement, au-dessus de la boue noire. Elle s'était laissée tomber. Elle avait dû sentir la gifle du froid, puis la lente immersion.

Ainsi nous allâmes sur le pont, et fûmes épouvantés. Sur le chemin du retour, à vélo, nous étions conscients qu'il était tard, et nous appuyions sur les pédales. Nous n'échangions aucun mot. Bobby tourna en direction de chez lui, puis le Saint. Il restait Luca et moi. Nous pédalions côtc à côte, mais toujours muets.

Je l'ai dit, entre tous, c'est mon meilleur ami. Nous pouvons nous comprendre en un seul geste, parfois un sourire suffit. Avant que les filles arrivent, nous avons passé ensemble tous les après-midi de notre vie — du moins c'est ce qu'il nous semble. Je sais quand il veut s'en aller, et à certains moments je pourrais dire avec quelques secondes d'avance quand il va commencer à parler. Je le trouverais en pleine foule, au premier coup d'œil, rien qu'à sa façon de marcher — ses épaules. Je parais plus âgé que lui, nous le paraissons tous, car il a gardé beaucoup de l'enfant qu'il était, ses petits os, sa peau blanche, les traits de son visage, délicats et charmants. De même que ses mains, et son cou fluet — ses jambes graciles. Mais il ne le sait pas, nous peinons à le savoir nous-mêmes — comme je l'ai dit la beauté physique est une chose dont nous ne nous préoccupons pas. Elle n'est pas nécessaire à l'édification du Règne. Ainsi Luca la porte sur lui sans s'en servir — un rendez-vous manqué. Il apparaît généralement absent, et les filles adorent cette distance, qu'elles nomment tristesse. Cependant, comme tout le monde, ce qu'il aimerait lui, simplement, c'est être heureux.

Il y a quelque temps, nous avions quinze ans, c'était un de ces après-midi, nous étions chez moi, allongés sur le lit en train de lire des magazines de Formule 1 — dans ma chambre. Au-dessus du lit il y avait une fenêtre, et elle était ouverte — elle donnait sur le jardin. Et dans le jardin il y avait mes parents : ils discutaient, c'était un dimanche. Nous ne les écoutions pas, nous lisions, mais à un moment donné nous tendîmes l'oreille, parce que mes parents s'étaient mis à parler de la mère de Luca. Ils ne s'étaient pas aperçus qu'il était là, évidemment, et ils parlaient de sa mère. Ils disaient que c'était vraiment une femme admirable et que c'était dommage qu'elle ait été si peu gâtée par le sort. Ils dirent quelque chose sur le fait que Dieu lui avait réservé une croix terrible. Je regardai Luca, il souriait et me fit un signe, pour m'intimer de ne pas bouger, de ne pas faire de bruit. Il semblait amusé par la chose. Alors nous restâmes à écouter. Là-dehors, dans le jardin, ma mère ajoutait que cela devait être affreux de vivre à côté d'un mari aussi malade, cela devait être une solitude déchirante. Puis elle demanda à mon père si on savait comment se passait le traitement. Mon père dit qu'on avait tout essayé mais qu'en vérité on ne se sort jamais vraiment de ces histoires-là. Il faut juste espérer qu'il ne décide pas d'en finir, tôt ou tard. Il parlait du père de Luca. Je commençais de mon côté à me sentir honteux de ce qu'ils racontaient, je regardai à nouveau Luca, il me fit un signe comme pour indiquer qu'il ne comprenait rien, qu'il ne savait pas de quoi ils parlaient. Il posa une main sur ma jambe, il voulait que je reste près de lui sans bouger, sans faire de bruit. Il voulait écouter. Là-dehors, dans le jardin, mon père parlait d'une chose appelée dépression, qui était évidemment une maladie, puisqu'il était aussi question de médicaments et de docteurs. À un moment donné il dit Cela doit être affreux, pour sa femme et également pour son fils. Les pauvres, commenta ma mère. Elle se tut un instant puis répéta Les pauvres, désignant ainsi Luca et sa mère contraints de vivre à côté de cet homme malade. Elle conclut qu'on ne pouvait que prier, et qu'elle le ferait. Ensuite mon père se leva, ils se levèrent tous les deux, et rentrèrent dans la maison. D'instinct nous baissâmes les yeux sur nos magazines de Formule 1, nous étions terrorisés à l'idée que la porte de la chambre s'ouvre. Mais cela n'arriva point. On entendit les pas de mes parents, le long du couloir, qui se dirigeaient vers le salon. Nous restâmes là, immobiles, le cœur battant.

Il fallait s'en aller, s'en aller d'ici, et cela ne finit pas très bien. Nous étions déjà dans le jardin, quand ma mère sortit pour me demander quand je comptais rentrer, et là elle découvrit Luca. Elle prononça alors son nom, comme une sorte de salut, mais animé d'une surprise effarée — sans parvenir à ajouter quoi que ce soit, ce qu'elle aurait fait pourtant, n'importe quel autre jour. Luca se tourna vers elle et lui dit Bonsoir madame. Il le dit avec politesse, du ton le plus normal. Nous sommes très doués, pour faire semblant. Nous partîmes et ma mère était encore là, sur le seuil, immobile, un magazine à la main, son index en marque-page.

En marchant, l'un à côté de l'autre, nous ne nous dîmes rien pendant un moment. Retranchés dans nos pensées, tous les deux. Lorsque nous eûmes à traverser une rue, je levai le regard, et en regardant les voitures arriver, je regardai aussi Luca, un instant. Il avait les yeux rougis, la tête basse.

En fait moi, cela ne m'était jamais venu à l'esprit que son père était *malade* — et la vérité, aussi étrange soit-elle, est que Luca non plus n'avait jamais imaginé rien de tel : cela donne une idée de comment nous sommes faits. Nous avons une confiance aveugle en nos parents, ce que nous voyons à la maison est le juste et sage cours des choses, le protocole de ce que nous considérons comme une santé mentale. Nous *adorons* nos parents pour cette raison — ils nous maintiennent à l'abri de toute anormalité. Ainsi il est impossible d'envisager qu'eux, les premiers, puissent être une anomalie — *une maladie*. Il n'existe pas de mères malades, elles sont seulement fatiguées. Les pères n'échouent jamais, ils sont parfois nerveux. Une certaine tristesse, que nous préférons ignorer, revêt de temps en temps la forme de pathologies qui doivent avoir des noms, mais nous ne les prononçons pas entre nous. Le recours aux médecins est gênant et, au besoin, relativisé par le choix de professionnels amis de la famille, guère plus que des confidents. Là où il faudrait l'agression d'un psychiatre, on préfère l'amitié débonnaire du docteur qu'on connaît depuis des lustres — tout aussi triste.

À nos yeux cela semble normal.

Ainsi, sans le savoir, nous héritons de l'incapacité au tragique, et de la prédestination à la forme mineure du drame : parce que dans nos foyers on n'accepte pas la réalité du mal, et cela reporte à l'infini toute évolution vers la tragédie, amorçant l'onde interminable d'un drame mesuré et permanent — le marécage dans lequel nous avons grandi. C'est un milieu absurde, fait de douleur réprimée et de censures quotidiennes. Mais nous ne pouvons mesurer ce degré d'absurdité car tels des reptiles de marais nous ne connaissons que ce monde, et le marais est pour nous la normalité. En conséquence nous sommes capables de métaboliser d'incroyables doses de tristesse en les assimilant au juste cours des choses : le soupçon que cela puisse cacher des plaies à panser et des fractures à réparer ne nous effleure pas. De la même manière nous ignorons ce qu'est le scandale, car chaque déviance éventuelle émanant de notre entourage est acceptée d'instinct comme un complément inattendu au protocole de la normalité. Par exemple, dans l'obscurité des cinémas paroissiaux, nous avons senti la main des prêtres se glisser entre nos cuisses sans éprouver de colère, mais essayant de déduire en hâte que les choses se passaient évidemment ainsi, les prêtres glissaient leur main à cet endroit — ce n'était même pas la peine d'en parler à la maison. Nous avions douze, treize ans. Nous ne repoussions pas la main du prêtre. Nous prenions l'eucharistie de la même main, le dimanche suivant. Nous étions capables de le faire, nous sommes encore capables de le faire — pourquoi ne pourrions-nous pas voir dans la dépression une forme d'élégance, et dans la tristesse une couleur qui sied bien à la vie ? Le père de Luca ne va jamais au stade parce qu'il ne supporte pas d'être au milieu de trop de gens : c'est une chose que nous savons et que nous assimilons à une certaine distinction. Nous avons l'habitude de le considérer comme une sorte d'aristocrate, du fait de son silence, même quand on va au parc.

Il marche lentement et rit par accès, cela ressemble à des concessions. Il ne conduit pas. Pour autant qu'on se souvienne, il n'a jamais élevé la voix. Tout chez lui nous renvoie au sentiment d'une dignité supérieure. Et le fait qu'autour de lui tous soient toujours d'une gaieté particulière n'éveille pas plus nos soupçons — le terme exact serait *forcée*, mais cela ne nous vient jamais à l'esprit, donc cela reste une gaieté *particulière*, que nous interprétons comme une forme de respect — il est, du reste, fonctionnaire ministériel. En définitive, c'est pour nous un père comme les autres, juste plus sibyllin, peut-être — étranger.

Mais Luca, le soir, s'assied à côté de lui, sur le canapé, devant la télévision. Son père pose une main sur son genou. Il ne dit rien. Ils ne disent rien. De temps en temps le père serre fort dans sa main le genou de son fils.

Ça veut dire quoi que c'est une maladie ? me demanda Luca ce jour-là, en continuant à marcher.

Je ne sais, je n'en ai pas la moindre idée, dis-je. C'était la vérité.

Il nous parut inutile d'en parler davantage, et pendant très très longtemps nous n'en parlâmes plus. Jusqu'à ce fameux soir où nous revenions du pont d'Andre, et où nous nous étions retrouvés seuls. Devant chez moi, nos vélos à l'arrêt, un pied au sol et l'autre sur la pédale. Mes parents m'attendaient, on dîne toujours à sept heures et demie, je ne sais pas pourquoi. J'étais censé rentrer, mais visiblement Luca avait quelque chose à me dire. Il changea de jambe d'appui, inclinant un peu sa bicyclette. Puis il dit qu'accoudé au parapet du pont il avait eu une révélation — il s'était rappelé une chose et l'avait comprise. Il attendit un instant pour voir s'il fallait que je rentre. Je restai là. Chez nous, dit-il, on mange presque en silence. Chez vous c'est différent, chez Bobby ou le Saint aussi, mais chez nous on mange en silence. On peut entendre tous les bruits, les fourchettes dans les assiettes, l'eau qui coule dans les verres. Mon père, surtout, est silencieux. Cela a toujours été comme ça. Alors je me suis rappelé toutes les fois où mon père — je me suis rappelé que souvent, à un moment donné, il se lève, cela arrive souvent qu'il se lève, sans rien dire, quand nous n'avons pas encore fini, il se lève, ouvre la porte qui donne sur le balcon, et sort sur le balcon, il laisse la porte entrouverte puis s'appuie à la rambarde, et il reste là. Pendant des années je l'ai vu faire ça. Ma mère et moi, du coup, nous en profitons — nous nous racontons des choses, maman plaisante, elle se lève pour ranger une assiette, une bouteille, elle me pose une question, comme ça. Derrière la porte vitrée on voit mon père, là-dehors, de dos, un peu penché, appuyé à la rambarde. Pendant des années je n'y ai jamais pensé, mais ce soir, sur le pont, j'ai compris pourquoi il allait sur le balcon. Je crois que mon père va sur le balcon pour se jeter dans le vide. Puis finalement il n'a pas le courage de le faire, mais chaque fois il se lève et sort dans cette idée.

Il leva les yeux, il voulait me regarder.

Comme Andre, dit-il.

Ainsi Luca a été le premier d'entre nous à déraper. Il ne l'a pas fait volontairement — ce n'est pas un garçon tourmenté ou ce genre de chose. Il s'est trouvé derrière une fenêtre ouverte tandis que des adultes parlaient sans faire attention. Et, de loin, il a étudié la façon de mourir d'Andre. Ces deux indiscrétions ont lézardé sa patrie — la nôtre. Pour la première fois l'un de nous s'est aventuré au-delà des frontières héritées du passé, soupçonnant qu'il n'y avait pas de frontières, en réalité, ni de maison mère, nôtre, fissurée. Timidement, il s'est mis à fouler une terre désolée où les mots douleur et mort ont une signification précise — dictée par Andre, et écrite dans notre langue avec la graphie de nos parents. Depuis cette terre il nous regarde, attendant que nous le suivions.

Comme Andre est insaisissable, dans sa famille on la compare souvent à sa grand-mère, qui est morte aujourd'hui. Actuellement elle est dévorée par les vers, selon leur conception de la destinée humaine. Nous savons qu'en réalité elle attend le jour du Jugement, et la fin des temps. Sa grand-mère était une artiste — on peut trouver son nom dans les encyclopédies. Rien de spécial, mais à seize ans elle avait traversé l'Océan avec un grand écrivain anglais, il dictait et elle tapait à la machine, une Remington portable. Des lettres, ou des fragments de livres, des nouvelles. En Amérique elle avait découvert la photographie, maintenant elle figure dans les encyclopédies en tant que photographe. Elle fixait dans ses clichés des gens désespérés de préférence et des ponts métalliques. Elle le faisait bien, en noir et blanc. Elle avait du sang hongrois et espagnol dans les veines, mais elle se maria finalement en Suisse avec le grand-père d'Andre — devenant ainsi très riche. Nous ne l'avons jamais vue. Elle était connue pour sa beauté. Andre lui ressemble, dit-on. Aussi par son caractère.

Un beau jour sa grand-mère abandonna la photographie — elle se consacra au maintien de sa famille, dont elle devint le despote raffiné. Son fils en pâtit, fils unique, et la femme qu'il épousa, une mannequin, italienne : les parents d'Andre. Ils étaient jeunes et incertains, aussi la grand-mère les éprouvait régulièrement, parce qu'elle était vieille et dotée d'une force inexplicable. Elle vivait avec eux et mangeait en tête de table — un domestique lui présentait les plats, en français. Ce jusqu'à sa mort. Pour achever le tableau, disons-le, son mari l'avait quittée des années plus tôt. En clair, il était mort.

Avant Andre, les parents d'Andre avaient eu des jumeaux. Un garçon et une fille. Pour la grand-mère l'événement s'était révélé plutôt insignifiant — elle était convaincue qu'avoir des jumeaux était propre aux pauvres. En particulier elle avait du mal à supporter la petite fille, qui se prénommait Lucia. Elle n'en voyait pas l'intérêt. Trois ans plus tard, la mère d'Andre tomba enceinte d'Andre. La grand-mère dit qu'évidemment elle devait avorter. Cependant la jeune femme ne le fit pas. Et voici ce qui arriva ensuite, exactement.

Andre sortit du ventre de sa mère un jour d'avril — son père était en voyage, les jumeaux à la maison, avec la grand-mère. La clinique téléphona pour prévenir que la jeune femme était rentrée en salle d'accouchement, la grand-mère dit Bien. Elle s'assura que les jumeaux avaient mangé, puis se mit à table et prit son repas. Après le café elle congédia la nounou espagnole pour quelques heures et emmena les jumeaux dans le jardin, il y avait du soleil, c'était une belle journée de printemps. Elle s'étendit sur un transat et s'endormit, parce que ça lui arrivait de le faire, quelquefois, après le repas, et qu'elle ne jugea pas opportun de changer son habitude. Ou parce qu'elle s'endormit — tout simplement. Les jumeaux jouaient sur la pelouse. Il y avait un bassin avec une fontaine, dans le jardin, un bassin en pierre avec des poissons rouges et jaunes. Au centre, un jet d'eau. Les jumeaux s'en approchèrent, pour jouer. Ils jetaient dans le bassin des choses qu'ils trouvaient dans le jardin. Lucia, la petite fille, pensa à un moment donné qu'il serait amusant de toucher l'eau avec les mains, puis avec les pieds, et de jouer dedans. Elle avait trois ans, ce n'était donc pas facile, toutefois elle y parvint, en posant ses pieds sur la pierre du rebord et en penchant la tête au-dessus de l'eau. Son frère tantôt l'observait, tantôt allait ramasser des choses dans l'herbe. La petite finit par glisser dans l'eau, en faisant un bruit doux, comme les petits animaux amphibies — les créatures rondes. Le bassin était peu profond, à peine trente centimètres, mais la petite prit peur dans l'eau, elle se cogna peut-être contre la pierre du fond, et cela brouilla certainement l'instinct qui devait la sauver, de manière simple et naturelle. Ainsi elle respira l'eau sombre, et quand elle chercha l'air nécessaire pour pleurer elle ne le trouva plus. Elle tenta de se retourner, péniblement, battant des pieds et giflant l'eau avec ses mains, qui étaient de petites mains hélas, puis il y eut comme un bruit d'argent léger. Elle resta immobile, au milieu des poissons jaunes et rouges, qui semblaient interloqués. Son frère s'approcha pour regarder. À cet instant Andre sortit du ventre de sa mère, et elle le fit dans la douleur, comme c'est écrit dans le livre auquel nous croyons.

Nous le savons parce que c'est une histoire qui se sait — dans le monde d'Andre il n'y a pas de pudeur ni de honte. C'est ainsi qu'ils manifestent leur supériorité, et qu'ils marquent leur privilège tragique. La chose les prédispose à frayer inévitablement avec la légende — et en effet cette histoire connaît de nombreuses variantes. Certaines racontent que c'est la nounou espagnole qui se serait endormie, mais on dit aussi que l'enfant était déjà morte quand elle tomba à l'eau. Le rôle de la grand-mère reste encore assez ambigu, mais il faut prendre en compte cette tendance à fonder n'importe quel récit sur la certitude d'un personnage méchant — ce que, sous bien des aspects, elle était sûrement. Le coup du père en voyage est également apparu suspect pour beaucoup, apocryphe. Néanmoins il est un détail sur lequel tout le monde s'accorde, à savoir que les poumons d'Andre émirent leur premier souffle au moment où ceux de sa sœur rendirent le dernier, comme par une dynamique naturelle de vases communicants — comme par une loi d'économie d'énergie, appliquée à l'échelle familiale. C'étaient deux petites filles, et elles avaient échangé leur vie.

La mère d'Andre l'apprit dès sa sortie de la salle d'accouchement. Puis on lui amena Andre, qui dormait. Elle la serra contre son cœur, et eut le sentiment très clair que l'opération mentale à laquelle elle se trouvait confrontée était au-dessus de ses forces — au-dessus des forces de n'importe qui. Elle en fut à jamais déchirée.

Quand, des années plus tard, la grand-mère

mourut, ce furent des funérailles pour le moins spectaculaires, avec une forte participation venant des quatre coins du monde. La mère d'Andre s'y rendit dans une robe rouge, dont beaucoup se rappellent qu'elle était courte et moulante.

Souvent le père d'Andre, encore aujourd'hui, par méchanceté ou distraction, appelle Andre par le prénom de sa sœur morte — il l'appelle Lucy, c'est ainsi qu'il s'adressait à sa petite fille, quand il la prenait dans ses bras.

Andre s'est jetée du pont quatorze ans après la mort de sa sœur. Elle ne l'a pas fait le jour de son anniversaire, elle l'a fait un jour quelconque. Mais elle respira l'eau sombre et c'était pour elle, dans un certain sens, la seconde fois.

Nous sommes quatre, nous faisons de la musique ensemble, nous formons un groupe. Le Saint, Bobby, Luca et moi. On joue à l'église. Nous sommes des stars, dans notre milieu. Il y a un prêtre réputé pour sa façon de prêcher, et nous jouons pendant son service. L'église est toujours comble — les gens viennent des autres quartiers pour nous écouter. Les messes peuvent durer une heure, mais tout le monde apprécie.

Naturellement nous nous sommes demandé

si nous étions vraiment bons, mais il n'y a pas moyen de le savoir, car nous jouons cette musique-là, un genre très particulier. Quelque part, dans les bureaux de célèbres maisons d'édition catholiques, quelqu'un compose ces chansons, et nous les chantons. Aucun de ces morceaux n'aurait, en dehors de ce cadre, la moindre chance d'être un bon morceau — s'il était interprété par un auteur-compositeur quelconque, les gens se demanderaient ce qui lui est arrivé. Ce n'est pas du rock, pas de la beat, pas de la folk, rien du tout. C'est comme les autels taillés dans des meules de moulins, les parements en toile à sac, les calices en terre cuite, les églises en briques rouges : cette même Église qui autrefois commandait les fresques de Rubens et les coupoles de Borromini s'abîme aujourd'hui dans une esthétique évangélique vaguement suédoise — à la limite du protestantisme. Autant de choses qui n'ont pas plus de rapport avec la beauté vraie qu'un banc en rouvre, ou une charrue bien faite. Cela n'a pas de rapport avec la beauté que pendant ce temps, au-dehors, les hommes engendrent. Et cela vaut aussi pour notre musique — elle n'est belle que là, là dans notre église elle sonne *juste*. Donnée en pâture au monde du dehors, il n'en resterait rien.

Néanmoins il se peut que nous soyons bons, en effet — cela n'est pas à exclure. C'est surtout Bobby qui insiste, il dit que nous devrions essayer de jouer nos propres morceaux et de le faire ailleurs que dans une église. Le théâtre de la paroisse conviendrait parfaitement. En réalité il sait que cela ne conviendrait pas du tout — nous devrions jouer dans des endroits enfumés où les gens cassent tout et où les filles dansent en laissant leurs seins s'échapper de leur décolleté. C'est là qu'on nous démolirait. Ou qu'on nous idolâtrerait — impossible de le savoir.

Pour débloquer un peu la situation, Bobby a pensé à Andre.

Andre fait de la danse — elles en font toutes, dans ce monde-là — les filles font de la danse. De la danse moderne, pas ces trucs sur les pointes. Elles font des spectacles, des démonstrations, de temps en temps, et vu que nos copines dansent aussi parfois, nous y allons. Donc nous avons vu Andre danser. Dans un certain sens, c'est comme à l'église, une communauté retirée du monde, des parents et des grands-parents, il va sans dire qu'on applaudit beaucoup. Il n'y a aucun lien avec la beauté véritable, là non plus. Simplement, par moments, une fille apparaît sur la scène et semble produire une énergie, détachant son corps de terre. Même nous qui ne comprenons rien, nous le remarquons. La fille peut être laide, avec un corps laid — la beauté du corps ne semble pas avoir d'importance. C'est le mouvement, qui compte.

Bobby a pensé à Andre parce qu'elle danse de cette manière.

Elle danse, elle ne chante pas.

Qui sait, si ça se trouve elle chante et nous l'ignorons.

Si ça se trouve elle chante très mal.

Qu'est-ce que cela peut faire, tu l'as vue sur scène?

Nous tournions autour du pot, mais la vérité est que cette fille a dépassé la frontière, comme aucun autre individu de notre âge, et nous savons que si notre musique existe nous devons aller la chercher au-delà de la frontière — et nous aimerions tant qu'elle nous y accompagne. Nous ne l'admettrons jamais, bien entendu.

Ainsi Bobby lui a téléphoné — à la troisième tentative il a pu lui parler. Il s'est présenté en donnant son nom et son prénom, et cela ne lui disait rien. Alors il a ajouté quelques précisions qui pouvaient sembler utiles, du genre où se trouvait le magasin de son père, et qu'il avait les cheveux roux. Elle s'est rappelée. On voulait te proposer de chanter avec nous, on a un groupe. Andre dit quelque chose, nous le devinions au silence de Bobby. Non, en fait on joue seulement à l'église, pour le moment. Silence. Pendant la messe, oui. Silence. Non, tu ne chanterais pas à la messe, l'idée est de constituer un vrai groupe, et d'aller jouer dans les bars. Silence. Pas les morceaux de la messe, nos chansons à nous. Silence.

Nous trois étions autour de Bobby, et lui n'arrêtait pas de nous faire signe de le laisser tranquille, de le laisser faire. À un moment donné il se mit carrément à rire, mais un peu forcé. Il parla encore un peu, puis ils se saluèrent — Bobby raccrocha.

Elle a dit non — dit-il. Nous n'eûmes pas d'explications.

Nous étions déçus, certes, mais en même temps envahis par une certaine euphorie, comme si on avait gagné quelque chose. Nous étions bien conscients de lui avoir parlé. À présent elle savait que nous existions.

Du coup, nous étions de bonne humeur en arrivant chez Luca. C'était mon idée. On ne va jamais chez lui, ses parents ne semblent guère apprécier les visites, son père déteste le désordre — mais notre venue pouvait peut-être signifier quelque chose, pour Luca et pour sa mère. Alors nous nous sommes fait inviter à dîner. D'habitude ils mangent dans la cuisine, à une table longue et étroite qui n'est même pas une table mais un plan de travail : ainsi ils tiennent à trois, l'un à côté de l'autre, face au mur. Blanc. Mais pour l'occasion sa mère avait dressé le couvert dans la salle à manger, une pièce fantôme chez nous : on la réserve pour les caprices spéciaux de la vie, sans exclure les veillées funèbres, du reste. En tout cas ce fut là que nous mangeâmes. Le père de Luca nous accueillit avec une joie *vraie*, et quand il s'assit en tête de table, en nous montrant nos places, il avait l'air d'un homme sans conditions, sûr de son autorité de père — comme s'il était notre père à tous, ce soir-là. Seulement lorsque la soupe fut servie, et alors qu'il serrait déjà sa cuillère entre ses doigts, le Saint, lui, joignit les mains devant son visage et commença à prononcer les paroles du bénédicité — la tête penchée. Il les dit à haute voix. Ce sont de belles paroles. Daigne, Seigneur, bénir ce repas que nous recevons de ta bonté ainsi que ceux qui l'ont préparé. Fais que nous le consommions avec joie et simplicité de cœur, et aide-nous à le partager avec ceux qui n'en ont pas. L'un après l'autre nous baissâmes la tête et le suivîmes dans sa prière. Amen. Le Saint a une belle voix, et des traits antiques — la barbe fine, c'est le seul parmi nous. Sur son visage maigre, déjà ascétique. Nous le savons, il dégage une force austère, quand il prie — adulte. Aussi le père de Luca dut-il avoir le sentiment que quelqu'un avait pris sa place — de père. Ou bien il lui sembla qu'il n'avait pas su faire ce que nous attendions de lui — et qu'un gamin aux airs de mystique était venu à son secours. Alors il disparut. On n'entendit plus sa voix, de tout le dîner. Il finissait son assiette, déglutissait. Il ne rit jamais.

À la fin nous nous levâmes tous pour débarrasser. C'est une chose que nous faisons tout le temps, en braves garçons, mais je le fis surtout pour aller dans la cuisine et découvrir ce balcon dont Luca m'avait parlé. En effet on voyait la balustrade, et il n'était pas difficile d'imaginer le dos de son père, penché en avant, les coudes posés sur le métal, le regard dans le vide.

Une fois sortis, nous n'eûmes pas l'impression que la soirée s'était très bien passée. Mais j'étais le seul à savoir, Bobby et le Saint n'en avaient encore jamais parlé avec Luca. Aussi nous conclûmes seulement que cet homme était étrange. Tout était étrange, dans cette maison. Au fond de nous, nous étions décidés à ne plus y retourner.

Le fait qu'Andre sache des choses de moi — que j'existe —, j'en ai eu la certitude un après-midi, blotti dans un canapé avec ma petite amie, sous un plaid rouge — elle me caressait, c'est notre manière de faire l'amour. En général nos petites amies croient au Dieu des Évangiles comme nous, et cela signifie qu'elles arriveront vierges au mariage — bien qu'on ne fasse pas mention, dans les Évangiles, d'une telle procédure. Ainsi notre manière de faire l'amour consiste à passer des heures à nous tripoter, tout en parlant. On ne jouit jamais. Presque jamais. Nous garçons, nous touchons le plus de peau possible et, de temps en temps, nous glissons la main sous leurs jupes, mais pas toujours. Elles par contre touchent tout de suite notre sexe, car c'est nous qui déboutonnons notre pantalon, et qui parfois le retirons. Cela se passe dans des maisons où parents, frères, sœurs sont juste là, derrière la porte, et où n'importe qui peut entrer d'un moment à l'autre. Donc nous faisons tout dans une précarité veinée de danger. Souvent seule une porte entrouverte sépare le péché du châtiment, si bien que le plaisir de se caresser et la peur d'être découverts, comme le désir et le remords, surviennent simultanément, fondus en une émotion unique que nous appelons, avec une splendide précision, sexe : nous en connaissons toutes les nuances et apprécions sa formidable dérivation du complexe de culpabilité, dont elle n'est qu'une variante parmi d'autres. Si quelqu'un pense que c'est une manière infantile de voir les choses, il n'a rien compris. Le sexe est un péché : l'imaginer innocent est une simplification à laquelle seuls les malheureux se raccrochent.

Toutefois, ce jour-là, l'appartement était vide, aussi nous faisions nos petites affaires avec une certaine tranquillité, à la limite de l'ennui. Quand on sonna à la porte, mon amie rabaissa son tricot et dit C'est Andre, elle vient chercher quelque chose — en se levant pour aller ouvrir. Elle semblait savoir que cela arriverait. Je restai sur le canapé, sous le plaid. Je remis juste mon slip — mon jean était par terre, je ne voulais pas qu'on me trouve là en train de l'enfiler. Elles entrèrent dans le salon toutes les deux, en parlant : mon amie se glissa à nouveau sous le plaid et Andre s'assit sur une petite chaise d'enfant, en bois et en paille, qui était là : elle s'assit avec cette manière parfaite de faire les choses insignifiantes comme s'asseoir sur une chaise d'enfant en bois et en paille alors qu'il y avait des chaises normales partout, dans la pièce, voire carrément le canapé où nous étions, un grand canapé. Et en s'asseyant elle me dit Salut, avec un sourire, sans se présenter ni rien. Le plus extraordinaire c'était qu'elle se fichait pas mal du jean par terre, du plaid, et de ce que nous étions évidemment en train de faire tous les deux là-dessous quand elle était arrivée. Elle se mit simplement à bavarder, à quelques mètres de mes jambes nues, avec une tranquillité qui faisait l'effet d'un verdict — tout ce qu'on pouvait faire sous le plaid semblait normal. C'était la première fois que quelqu'un me pardonnait aussi rapidement — avec cette légèreté, ce sourire.

Elles parlaient d'un de leurs spectacles, ma petite amie dansait avec Andre, elles devaient mettre sur pied un spectacle. Il manquait des éclairages, je crus comprendre, des éclairages et un pan de tissu gris de douze mètres de long sans coutures. Je restais là, mais je n'étais absolument pas concerné, et jamais on ne s'adressait à moi. Je me serais bien levé, pour déambuler un peu, seulement j'étais en slip. À un moment donné, sans cesser de parler, mon amie commença à me caresser la cuisse, toujours sous le plaid, lentement, un geste pur, ce n'était pas vraiment une caresse, c'était plutôt un mouvement inconscient, comme si elle voulait préserver quelque chose, entre un avant et un après. Difficile de savoir s'il y avait là de la malice, en tout cas elle me touchait vraiment, et j'étais loin de m'en offusquer. En effet elles arriveront vierges au mariage, nos fiancées, mais cela ne veut pas dire qu'elles aient peur, elles n'ont pas peur. Elle me caressait et Andre était là. De temps en temps, hasard ou pas, elle parvenait à atteindre mon sexe, piégé dans mon slip. Elle faisait cela en continuant à parler de tissu et de coutures, sans la moindre inflexion de voix, rien. Quoi qu'elle eût en tête, sa tactique était parfaite. Elle touchait mon sexe dur sans laisser filtrer la moindre émotion. Je pensai que cette histoire, il fallait absolument que je la raconte à Bobby, je brûlais d'impatience de la lui raconter. Je réfléchissais aux mots que j'allais employer lorsque Andre se leva : elle dit qu'il était temps qu'elle s'en aille, que du coup pour le tissu elle demanderait au théâtre, quant aux éclairages elle trouverait bien une solution. Tout semblait résolu. Le téléphone sonna, là, sur la table basse, ma petite amie répondit, c'était sa mère. Elle leva les yeux au ciel, puis mit une main sur le combiné et dit Ma mère… Andre lui susurra alors de téléphoner tranquille, qu'elle partait. Elles se saluèrent et mon amie me fit un signe de tête, sans cesser de parler avec sa mère — elle voulait que j'accompagne Andre jusqu'à la porte et que je referme derrière elle. J'écartai le plaid, me levai du canapé et suivis Andre à travers la pièce, puis dans le couloir. Arrivée devant la porte, elle s'arrêta et se tourna vers moi, pour m'attendre. Je fis encore quelques pas : de ma vie je n'avais jamais été aussi près d'Andre, et je n'avais jamais été seul avec elle non plus, dans un espace où on n'était que nous deux. Un espace encore plus restreint qu'il ne l'était réellement, car je me trouvais en slip, et dans ce slip mon sexe se voyait à trois kilomètres. Elle me sourit, ouvrit la porte, et fit mine de sortir. Mais finalement elle se retourna, et je découvris un visage qu'un instant plus tôt elle n'avait pas — ces yeux écarquillés.

La première phrase qu'Andre m'ait jamais dite a été Au fait, tu n'aurais pas un peu d'argent sur toi ?

Si, je dois en avoir un peu.

Tu pourrais me dépanner ?

Je retournai dans le salon pour fouiller dans ma poche de jean. Mon amie était toujours au téléphone, je lui fis signe que tout allait bien. Je pris l'argent, il n'y avait pas grand-chose.

C'est tout ce que j'ai, dis-je à Andre en lui tendant quinze mille lires, comme ça, devant la porte ouverte, avec l'éclairage au néon du palier qui se mélangeait à la lumière chaude de l'entrée. Sur nos paliers il y a souvent des plantes épineuses qui ne voient jamais le soleil, toutefois elles vivent, et on les laisse là avec deux objectifs, le premier consistant à égayer le palier lui-même.

Le second étant de manifester une obstination toute particulière à vivre, un héroïsme silencieux dont nous sommes censés nous inspirer chaque fois que nous sortons. Jamais personne ne les arrose, apparemment.

Tu es gentil, me dit Andre. Je te les rendrai.

Elle effleura ma joue d'un baiser. Pour ce faire elle dut s'approcher légèrement, et son sac fit pression contre mon slip, il était juste à la bonne hauteur.

Puis elle partit. Comme prise d'une sorte de fièvre, soudain.

Dès que je vis Bobby je lui racontai tout, en en rajoutant un peu sur l'histoire de la caresse sous le plaid, je lançai qu'elle m'avait carrément branlé. Il répondit alors qu'elles avaient sûrement préparé leur coup, que tout était calculé, Andre aimait bien ce genre de jeu, c'était incroyable que mon amie ait accepté, tu ne devrais pas sous-estimer cette fille, me dit-il. Je savais que les choses ne s'étaient pas exactement déroulées de cette manière, mais cela ne m'empêcha pas pendant une certaine période de courir le monde en me faisant passer pour celui qui avait une fiancée capable d'imaginer de tels scénarios, et de les mettre en pratique. Cela a duré un temps, puis c'est retombé. Mais durant cette phase j'ai été différent, avec elle — et elle différente avec moi. Jusqu'à ce que nous prenions peur, à un moment donné — alors tout est rentré dans l'ordre.

Ainsi nous croisons Andre, quelquefois.

En revanche, voulant absolument parler du Saint, sa mère s'est mis en tête de parler avec nous, les amis de son fils, elle a donc bien organisé la chose, elle l'a vraiment organisée — elle voulait nous parler un jour où le Saint n'était pas à la maison. Bobby a réussi à se dérober, mais pas moi, ni Luca — nous nous sommes retrouvés tous les deux, seuls, avec cette mère.

C'est une femme ronde, soignée, nous ne l'avons jamais vue sans maquillage ou portant des chaussures mal assorties à sa tenue. Même chez elle, elle était impeccable, resplendissante, bien que dans un style familier, inoffensif. Elle voulait parler du Saint. Elle tourna autour du pot, mais finit par nous demander ce que nous savions sur cette vocation de prêtre — sur le fait que son fils projetait de devenir prêtre, plus tard, ou peut-être même tout de suite. Elle le demanda joyeusement, pour nous faire comprendre qu'elle voulait juste en savoir un peu plus, nous ne devions pas voir là une question piège. Je dis que je n'étais pas au courant. Luca dit qu'il n'en avait aucune idée. Alors elle attendit un instant. Puis elle reprit d'une voix différente, plus ferme, remettant les choses à leur place, c'était finalement un adulte qui parlait

avec deux jeunes garçons. Nous nous trouvâmes
contraints de dire ce que nous savions.

Le Saint a une façon diablement sérieuse de
considérer chaque chose.

Elle fit oui de la tête.

Parfois c'est difficile de le comprendre, et
il ne donne jamais d'explication, il n'aime pas
s'expliquer, dit Luca.

Vous n'en parlez jamais, entre vous?

En parler, non.

C'est-à-dire?

Elle voulait savoir. Cette mère voulait entendre
que nous aussi nous priions, seulement le Saint,
il brûlait dans la prière, et ses jambes semblaient
céder au moment de s'agenouiller tandis que
nous, nous changions simplement de position
— lui, il *tombait* à genoux. Elle voulait savoir
pourquoi son fils passait tant d'heures avec des
pauvres, des malades et des délinquants, jusqu'à
devenir un des leurs, jusqu'à en oublier la
sagesse des convenances, la limite de la charité.
Elle espérait comprendre pourquoi il passait tout
ce temps plongé dans les livres, et si nous aussi
nous baissions la tête à chaque reproche, si nous
étions incapables de nous révolter ou d'avoir
des mots durs. Elle avait besoin de mieux comprendre qui étaient tous ces prêtres, les lettres
qu'ils lui envoyaient, les appels téléphoniques.
Elle voulait savoir si les autres riaient de lui alors,
et comment les filles le regardaient, si on le res-
pectait — quelle était la distance entre lui et le

monde. Cette femme nous demandait s'il était possible à notre âge d'imaginer donner sa vie à Dieu, et à ses sacerdoces.

Si ce n'était que cela, nous pouvions répondre.

Oui.

Et comment cela peut-il vous venir à l'esprit ?

Luca sourit. C'est une question étrange, lui dit-il, parce qu'il ne semble pas que les gens, autour de nous, aient eu à cœur autre chose que de nous faire tendre vers cette folie, comme vers une lumière. Était-ce si surprenant de découvrir maintenant combien leurs paroles nous avaient pénétrés en profondeur, et que de toutes les leçons de notre enfance, aucune n'avait échappé à nos oreilles ? Cela devrait être une bonne nouvelle, conclut-il.

Cela n'en est pas une, pour moi, répliqua cette femme. Elle ajouta qu'on nous avait également enseigné la mesure, et qu'on l'avait même fait avant tout le reste, sachant qu'ainsi nous disposerions de l'antidote à n'importe quel enseignement à venir.

Mais il n'y a pas de mesure dans l'amour, dit Luca, d'une voix qui ne semblait pas être la sienne. Ni dans l'amour ni dans la douleur, il précisa.

La femme le regarda. Puis elle me regarda moi. Elle dut se demander s'ils n'étaient pas tous aveugles devant notre mystère, chaque père et chaque mère, aveuglés par notre apparente jeunesse. Puis elle nous demanda si de notre côté nous y avions jamais songé, à devenir prêtres.

Non.

Et pourquoi, alors?

Vous voulez dire pourquoi nous non et le Saint oui?

Pourquoi mon fils, oui?

Parce que lui, il veut être sauvé, lâchai-je, et vous savez de quoi.

Je ne voulais pas le dire, et pourtant je le dis, car cette femme nous avait fait venir chez elle pour entendre cette phrase précise, et voilà que je l'avais dite.

Il existe d'autres manières de se sauver, rétorqua-t-elle sans s'affoler.

C'est possible. Mais la sienne est la meilleure.

Tu crois?

Je le sais. Les prêtres recherchent le salut, ils sont contraints de le faire, chaque moment de leur existence les sauve, parce que dans tous ces moments ils ne vivent pas, ainsi la catastrophe ne peut tomber.

Quelle catastrophe? demanda-t-elle. Elle ne voulait pas s'arrêter.

Celle que le Saint a sur les épaules.

Luca me regarda. Il cherchait à deviner si j'allais me taire.

Cette catastrophe qui fait peur, ajoutai-je, pour m'assurer qu'elle puisse bien tout saisir.

La femme me fixait. Elle tentait de découvrir ce que je savais, et jusqu'à quel point nous connaissions son fils. Au moins autant qu'elle le connaissait, probablement. La part d'ombre du Saint se trouve à la surface de ses gestes, dans les passages secrets qu'il creuse à la lumière du soleil, sa ruine est transparente, elle le fait ployer sans grande discrétion ; quiconque se tient à ses côtés comprend que c'est une catastrophe, et comprend peut-être même d'où vient cette catastrophe.

Vous savez où il va, quand il disparaît ? demanda la femme, avec fermeté.

Parfois il disparaît, le Saint, c'est incontestable. Plusieurs jours et plusieurs nuits, puis il revient. Nous le savons. Nous savons autre chose, mais là c'est aussi notre vie, la femme n'était pas concernée.

Nous fîmes non de la tête. Une grimace, ensuite, pour confirmer que non, nous ne savions pas où il allait.

La femme comprit. Elle s'exprima d'une autre manière, du coup.

Vous ne pouvez pas l'aider ? murmura-t-elle. C'était une prière, plus qu'une question.

Nous sommes à ses côtés, nous l'aimons bien, il restera toujours avec nous, dit Luca. Cela ne nous fait pas peur. Nous n'avons pas peur.

Alors les yeux de la femme se remplirent de larmes, elle se rappelait sans doute combien l'instinct amical pouvait être intransigeant, et infini, à notre âge.

Personne ne dit plus rien, pendant un moment. Cela aurait pu en rester là.

Toutefois elle dut penser qu'elle n'avait pas de raison d'avoir peur, si nous n'avions pas peur nous-mêmes.

Ainsi, tandis qu'elle pleurait encore, mais très légèrement, elle reprit :

C'est cette histoire de démons. Ce sont les curés qui lui ont mis ça en tête.

Nous n'imaginions pas qu'elle irait aussi loin, mais elle eut le courage de le faire — car dans les abysses de nos mères, imperceptible, se cache toujours une hardiesse extraordinaire. Elles la conservent, endormie, derrière les gestes prudents d'une vie entière, pour pouvoir en disposer pleinement le jour auquel elles se croient destinées. Elles le passeront au pied d'une croix.

Les démons sont en train de me le prendre, dit-elle.

Dans un sens, c'était vrai. De notre point de vue, le coup des démons est en effet une histoire racontée par les prêtres, mais il y a aussi autre chose qui fait partie du Saint depuis toujours, avec la force de l'origine, et qui était là avant que les prêtres lui donnent ce nom. Aucun de nous n'a cette sensibilité par rapport au mal — une espèce d'attraction morbide, empreinte de terreur — et, parce que empreinte de terreur, de plus en plus morbide, fatale — comme aucun de nous n'a cette vocation du Saint à la bonté, au sacrifice, à l'indulgence — conséquences de cette terreur. Il n'y aurait pas forcément besoin d'invoquer les démons, mais dans notre monde chaque vertu est étroitement concernée par une indicible familiarité avec le malin, comme les Évangiles en témoignent dans l'épisode des tentations, et comme nous l'enseignent les vies, troubles, des mystiques. Ainsi on parle de démons, sans la prudence dont on devrait pourtant faire preuve, en parlant de démons. Et en présence d'âmes pures comme les nôtres — âmes de jeunes garçons. Ils sont sans pitié, en cela, les prêtres. Ni prudence.

Ils l'ont brisé, le Saint, avec ces histoires.

Ce que nous pouvons faire, nous le faisons. Nous donnons de la légèreté aux moments que nous passons avec lui, et nous le suivons partout, dans les méandres du bien, et ceux du mal — jusqu'où nous pouvons, dans les deux cas. Nous ne sommes pas mus uniquement par une compassion amicale, mais aussi par une véritable fascination, attirés par ce qu'il sait, et ce qu'il accomplit. Des disciples, des frères. Dans la lumière de sa sainteté enfantine nous apprenons des choses, et c'est là un privilège. Lorsque surgissent les démons, nous résistons sans baisser les yeux, autant que possible. Puis nous le laissons aller, et attendons qu'il revienne. La terreur, nous l'oublions, et nous sommes capables de passer des journées normales, avec lui, après n'importe quel hier. Nous n'y pensons pas trop, et si en l'occurrence cette femme ne nous avait pas contraints à le faire, je dirais que nous n'y pensons presque jamais. En réalité, je n'aurais même pas dû en parler.

La femme raconta ce qui arrivait à la maison, parfois, d'effrayant, mais déjà nous ne l'écoutions plus. Elle avait le cœur lourd de mille souffrances, et à présent elle s'en libérait, nous expliquant ce que signifiait pour elle le fait que les démons soient en train de lui voler son fils. Cela ne nous concernait pas. Nous recommençâmes à écouter seulement quand nous entendîmes le nom d'Andre, charrié dans ce flot de paroles — une question aux résonances vainement limpides nous irrita, là au milieu.

Pourquoi mon fils est-il obsédé par cette fille ?

Il n'y avait plus personne.

La femme comprit.

Pour finir elle mit sur la table un gâteau, il était encore tiède, et une bouteille de Coca-Cola, déjà entamée. Elle voulut aborder des sujets normaux, et elle le fit avec délicatesse. Elle était si directe, et simple, que Luca eut envie de lui parler de sa famille, sans dire la vérité toutefois — à travers des anecdotes propres à une famille normale, heureuse. Il pensait peut-être qu'elle aussi était au courant, et tenait à lui faire entendre qu'en réalité tout allait bien. Je ne sais pas.

Vous êtes de braves garçons, dit à un moment donné la mère du Saint.

Naturellement nous allons en cours, tous les jours. Mais ça, c'est une histoire d'avilissement dégradant, et de vexations inutiles. Rien à voir avec ce que nous nous sentons de définir *vie*.

Quand Andre s'est coupé les cheveux de cette façon, les autres filles l'ont fait aussi. Court sur le front et autour des oreilles. Le reste long comme avant, Indien d'Amérique. Elle l'a fait toute seule, devant le miroir.

Une première l'a suivie, puis toutes les autres — les filles autour d'elle. Trois, quatre. Un jour, ma petite amie.

Elles ont une allure différente, depuis lors — plus sauvage. Elles parlent durement, quand elles y pensent, et avec une fierté nouvelle. Est devenu visible ce qui avait longtemps couvé, invisible, derrière les comportements — toutes vivent en attendant qu'Andre leur montre comment vivre. Sans l'admettre — il arrive même qu'elles la critiquent, parfois. Mais elles succombent — bien que cela prenne la forme d'un jeu.

La maigreur aussi. Qu'Andre a choisie, à un moment donné, comme principe naturel et définitif. Inutile de discuter, il est clair qu'il doit en être ainsi. Il ne semble pas y avoir de médecins à l'horizon capables de prononcer le mot dénutrition — alors les corps filent sans alarmer ni préoccuper, suscitant juste la surprise. Elles mangent quand personne ne les voit. Elles vomissent en secret. Les gestes qui étaient on ne peut plus simples deviennent obscurs, se compliquent à un point que nous n'aurions jamais cru possible, et que la jeunesse ne devrait pas envisager.

Ce n'est pas une tristesse qui en découle, toutefois, mais plutôt une métamorphose qui les rend plus fortes. Nous voyons bien qu'elles assument leur corps différemment à présent, comme si elles en avaient soudain pris conscience, ou qu'elles en avaient accepté la propriété. Puisqu'elles sont devenues capables de le contrôler, elles s'en libèrent avec une légèreté à la limite de la négligence. Elles commencent à découvrir qu'on peut l'abandonner au hasard. Le confier aux mains d'autrui, pour ensuite aller le récupérer.

Tout cela vient d'Andre, c'est clair, mais il faut préciser que la transmission s'opère de manière presque imperceptible, car de fait elles parlent très peu entre elles ; tu ne les verras jamais se déplacer en groupe, ou être proches physiquement — elles ne sont pas, véritablement, amies, personne n'est l'*ami* d'Andre. C'est une contagion silencieuse, et alimentée par la distance. Un sortilège. Ma petite amie, par exemple, voit Andre parce qu'elle danse avec elle, mais sinon elle habite un autre monde, à des latitudes différentes. À l'occasion elle prononce le nom d'Andre avec une pointe de supériorité, comme si elle connaissait son stratagème, ou partageait son sort.

Et pourtant.

Elle et moi avons un jeu secret — nous nous écrivons en cachette des choses sur nous-mêmes. Parallèlement à ce que nous disons et vivons ensemble, nous nous écrivons, comme si nous étions tous les deux, mais une seconde fois. Ce que nous mettons dans ces lettres — billets doux —, nous n'en parlons jamais. C'est là que nous nous disons, cependant, la vérité. Techniquement nous utilisons un système dont nous sommes fiers — un système de mon invention. Nous coinçons nos billets dans une fenêtre du lycée, une fenêtre où personne ne va. Nous les coinçons entre la vitre et l'aluminium. La probabilité que quelqu'un d'autre les lise est assez faible, juste ce qu'il faut pour mettre un peu de piment dans l'affaire. Nous les écrivons en lettres majuscules de toute façon, ainsi ils pourraient être de n'importe qui.

Quelque temps après l'histoire de la coupe de cheveux, j'ai trouvé un billet qui disait ceci :

« Hier soir avec Andre nous sommes allées chez elle après la danse, il y avait d'autres gens. J'ai beaucoup bu, pardon mon amour. À un moment donné j'étais allongée sur son lit. Dis-moi si tu veux que je continue. »

J'ai répondu Je veux bien.

« Andre et un type ont remonté mon pull.

71

Nous riions. Les yeux fermés j'étais bien, ils m'ont caressée, et embrassée. Après encore d'autres mains, inconnues, me touchaient les seins, à aucun moment je n'ai ouvert les yeux, c'était bien. J'ai senti une main sous ma jupe, entre mes jambes, alors je me suis levée, je ne voulais pas. J'ai ouvert les yeux, je n'étais pas seule, sur le lit. J'ai refusé qu'ils me caressent entre les jambes. Je t'aime tellement mon amour. Pardonne-moi mon amour. »

Nous n'en avons pas parlé, jamais. Ce qui est dit dans nos secondes fois ne peut exister dans les premières — autrement le jeu cesse pour toujours. Mais elle tournait en boucle dans ma tête, cette histoire, et du coup un soir je m'en suis libéré avec une phrase que je préparais intérieurement depuis pas mal de temps.

Andre s'est tuée, il y a quelques années, tu sais ?

Elle le savait.

Elle continuera à se tuer jusqu'à ce qu'elle en ait fini, lui dis-je.

Je voulais également parler de l'alimentation, du corps, du sexe.

Mais mon amie dit Peut-être qu'il y a de multiples façons de mourir, parfois je me demande si nous n'en faisons pas autant, sans le savoir. Elle au moins le sait.

Nous ne sommes pas en train de mourir.

Je n'en suis pas sûre. Luca est en train de mourir.

Ce n'est pas vrai.

Et le Saint, lui aussi.

Mais qu'est-ce que tu racontes ?

Je ne sais pas. Excuse-moi.

Elle-même disait cela sans avoir aucune certitude, ce n'était guère plus qu'une intuition, une lueur. Car nous progressons par éclairs, le reste est obscurité. Une limpide obscurité pleine de lumière, noire.

Dans les Évangiles il y a un épisode que nous aimons beaucoup, comme le nom qu'il porte, Emmaüs. Quelques jours après la mort du Christ, deux hommes marchent sur la route qui mène à la petite ville d'Emmaüs, en discutant de ce qui est arrivé sur le Calvaire, et de certaines rumeurs, étranges, de sépultures ouvertes et de tombes vides. Un troisième homme s'approche et leur demande de quoi ils parlent. Les deux pèlerins répondent : Comment, tu n'es pas au courant des événements survenus à Jérusalem ?

Quels événements ? s'enquiert l'inconnu. Les deux pèlerins lui expliquent. La mort du Christ et tout le reste. Il écoute.

Un peu après il fait mine de s'en aller, mais ses compagnons de route le retiennent : Il est tard, reste avec nous, la nuit va bientôt tomber. Nous pouvons manger ensemble et continuer à parler. Il reste avec eux.

Durant le dîner, l'homme rompt le pain, avec sérénité, naturel. Alors les deux autres comprennent, et reconnaissent en lui le Messie. Mais il disparaît.

Se retrouvant seuls, les deux compagnons se disent : Comment cela a-t-il pu nous échapper ? Il est resté avec nous tout ce temps, le Messie était avec nous, et nous ne nous en sommes pas aperçus.

Nous aimons la linéarité — la simplicité de cette histoire. Et comme tout est réel, sans fioritures. Les protagonistes ne font que des gestes élémentaires, nécessaires, si bien qu'à la fin la disparition du Christ semble aller de soi, un phénomène presque ordinaire. Nous aimons la linéarité, mais elle ne saurait à elle seule nous faire apprécier cette histoire ; et si justement nous l'apprécions tant, c'est aussi pour la raison suivante : durant tout le récit, chacun est dans l'ignorance. Au début Jésus lui-même semble ignorer son identité, et sa mort. Ensuite les deux autres ne savent rien de lui, ni de sa résurrection. À la fin ils se demandent : comment avons-nous pu ?

Nous connaissons cette question.

Comment avons-nous pu ignorer, pendant aussi longtemps, tout ce qui se passait, et cependant nous asseoir à la table de chaque chose ou personne rencontrée sur notre chemin ? Nos cœurs tendres — nous les nourrissons de grandes illusions, puis au terme du processus nous marchons comme les disciples d'Emmaüs, aveugles, à côté d'amis et d'amours que nous ne reconnaissons pas — nous fiant à un Dieu qui ne sait plus qui il est. Ainsi nous connaissons

74

les choses à leur commencement puis nous en recueillons la fin, manquant toujours leur cœur. Nous sommes aurore mais épilogue — éternelle découverte tardive.

Viendra peut-être un geste qui nous aidera à comprendre. Néanmoins pour l'instant, nous vivons, tous. Je l'ai expliqué à mon amie. Je veux que tu saches qu'Andre meurt et que nous, nous vivons, voilà, il n'y a rien d'autre à comprendre, pour l'instant.

Mais nous sommes solides également, et dotés d'une force insensée pour notre âge. On nous aide à l'acquérir en même temps que la foi, phénomène évanescent mais ferme comme le roc, le diamant. Nous allons de par le monde arborant une certitude dans laquelle se dissout toute notre timidité, jusqu'à nous conduire au-delà du seuil du ridicule. Souvent il n'est pas aisé de se défendre, pour les gens, car nous évoluons sans pudeur, et ils ne peuvent qu'accepter sans comprendre, désarmés par notre candeur.

Nous faisons des choses folles.

Nous sommes allés, un jour, chez la mère d'Andre.

Le Saint avait cette idée depuis un moment. Elle lui était venue le jour de la pipe dans la voiture, et avait été ravivée plus tard, par d'autres événements. Je crois qu'il s'était mis en tête de sauver Andre, d'une certaine façon. La seule façon qu'il voyait était de la convaincre de parler avec un prêtre.

C'était une idée insensée, seulement après il y eut cette histoire de coupe de cheveux, et le petit mot de mon amie — la maigreur, aussi. Je ne pouvais plus me contenir, et cela est typique de notre fonctionnement : tourner autour du problème pour en faire soudain une question de salut ou de perdition, quelque chose de grave. Nous n'imaginons pas une seconde que cela puisse être plus simple — des blessures normales à guérir par des gestes naturels, comme de se mettre en colère, ou de se livrer à des actes méprisables. Nous ne connaissons pas de tels subterfuges.

Ainsi au bout d'un moment il me sembla raisonnable de le faire. Nous avons en tête des schémas infantiles — si un enfant n'est pas sage on en parle à sa mère.

Je l'ai dit au Saint. Nous y sommes allés. Nous n'avons pas le sens du ridicule. Ils ne l'ont jamais eu, les élus.

La mère d'Andre est une femme magnifique, mais d'une beauté face à laquelle nous n'avons pas de sympathie, ni la moindre prédisposition. Elle était assise dans un immense canapé, dans la maison où ils vivent, une maison riche.

Nous l'avions vue d'autres fois, passer simplement, lumineuse dans le sillon de son élégante apparition, derrière de grandes lunettes sombres. Des sacs de boutiques de mode pendus à son bras plié en V, comme les Françaises dans les films. Elles ont la main relevée et la maintiennent en l'air, paume vers le ciel, déployée, attendant que quelqu'un y dépose un objet délicat, un fruit par exemple.

Elle nous regardait depuis son canapé, et je ne peux oublier le respect qu'elle sut nous témoigner — elle ne savait même pas qui nous étions, et tout ça devait lui paraître surréaliste. Mais comme je l'ai dit, la vie l'avait brisée, et cela faisait sans doute bien longtemps qu'elle ne craignait plus l'irruption de l'absurde dans la géométrie du bon sens. Ses yeux étaient un peu écarquillés, peut-être à cause des médicaments, ou parce qu'elle s'efforçait délibérément de ne pas les fermer. Nous étions là pour lui dire que sa fille était perdue.

Mais le Saint a une belle voix, de prêcheur. Même si ce qu'il exprimait était un peu fou, ses paroles avaient une résonance limpide, sans ombre de ridicule, et fortes d'une certaine dignité. Sa candeur était époustouflante.

La femme écoutait. Elle allumait des cigarettes au filtre doré, en fumait la moitié. Ce n'était pas facile de savoir ce qu'elle pensait car il n'y avait rien d'autre, sur son visage, que cet effort pour ne pas fermer les yeux. De temps en temps elle croisait ses jambes, qu'elle exhibait comme une parure.

Le Saint réussit à tout dire sans rien nommer, même *Andre* ne fut jamais prononcé, seulement *Votre fille*. Il récapitula tout ce que nous savions, et se demanda si c'était vraiment cela qu'elle voulait, cette femme, pour sa fille, qu'elle se perde dans le péché, malgré ses talents et sa splendeur, juste parce que personne n'avait su lui montrer le chemin ardu de l'innocence. Nous, alors, nous n'arrivions vraiment pas à le comprendre, et voilà pourquoi nous étions venus chez elle — pour le lui dire.

Nous étions deux gamins et, nos devoirs finis, nous avions pris un bus pour rejoindre cette belle demeure dans le but précis d'expliquer à un adulte que sa façon de vivre et d'être parent allait causer la ruine d'une jeune fille que nous connaissions à peine et qui, en sombrant, entraînerait avec elle toutes les âmes faibles croisées sur sa route.

Elle aurait dû nous mettre dehors. Cela nous aurait plu. Des martyrs.

Au contraire, elle nous posa une question.

Selon vous, que devrais-je faire?

J'en restai stupéfait. Mais pas le Saint, qui suivait le fil de ses pensées.

Faites-la venir à l'église, dit-il.

Elle devrait se confesser, ajouta-t-il.

Il se montrait si terriblement convaincant que

je fus moi-même persuadé que c'était la chose à dire à cet instant. La folie des saints.

Il lui parla ensuite de nous, sans arrogance, mais avec une assurance tranchante comme une lame. Il voulait qu'elle sache pourquoi nous croyions, et en quoi. Il devait lui dire qu'il existait une autre manière d'être au monde, et que nous pensions que c'était là le chemin à suivre, la vérité et la vie. Il dit que sans le vertige des cieux il ne restait que la terre, soit bien peu. Il dit que chaque homme portait en lui l'espoir d'un sens plus élevé et plus noble des choses, qu'on nous avait appris que cette espérance devenait certitude dans la pleine lumière de la révélation, et devoir quotidien dans la pénombre de notre vie. Ainsi nous travaillons à l'instauration du Règne, dit-il, ce qui n'est pas une mission mystérieuse mais la construction patiente d'une terre promise, hommage inconditionnel à nos rêves, et satisfaction pérenne de tous nos désirs.

Par conséquent les merveilles qui nous entourent ne doivent pas s'éteindre inutilement, car ce sont autant de pierres du Règne, vous comprenez?

Il parlait de la merveille qu'était Andre.

Des pierres angulaires, précisa-t-il.

Puis il se tut.

La femme était restée à écouter sans jamais changer d'attitude, jetant juste quelques coups d'œil rapides dans ma direction, par politesse toutefois, non parce qu'elle attendait que je donne mon avis. Si elle pensait quelque chose, elle le cachait très bien. On aurait dit que cela ne lui faisait ni chaud ni froid de se laisser humilier de la sorte, par un gamin qui plus est — elle avait accepté qu'il lui dresse le bilan de son échec, celui de sa fille. Sans montrer de ressentiment, ni d'ennui. Quand elle ouvrit la bouche, il n'y avait que gentillesse dans sa voix.

Tu as dit qu'elle devrait aller se confesser.

Elle semblait être restée là, à l'orée du discours. Cette chose l'intriguait.

Oui, répondit le Saint.

Et pourquoi devrait-elle le faire ?

Pour être en paix avec elle-même. Et avec Dieu.

C'est pour ça qu'on se confesse ?

Pour effacer nos péchés, et trouver la paix.

Alors elle fit oui, d'un hochement de tête. Comme si c'était une chose qu'elle pouvait comprendre.

Puis elle se leva.

Il existait sûrement un moyen de mettre un terme à tout ça, et le plus simple était de dire merci, de fermer la porte derrière nous, d'oublier. D'en sourire, après. Cependant cette femme n'était pas pressée, et elle devait avoir cessé depuis longtemps d'être arrangeante. Elle resta donc silencieuse, debout, prête à nous donner congé, et finalement elle se rassit, dans l'exacte position qu'elle avait un instant plus tôt, mais avec un regard différent, d'une dureté jusque-là enfouie, et elle dit qu'elle se rappelait bien la dernière fois qu'elle s'était confessée, elle se rappelait le jour où elle s'était livrée à la confession pour la dernière fois. C'était dans une très belle église, en pierre claire, où chaque proportion, chaque symétrie invitait à la paix. Ça lui avait semblé naturel alors de chercher un confesseur, bien qu'elle n'eût aucune familiarité avec l'acte, ni aucune confiance dans les sacrements — dans celui-ci, encore moins. Ça lui avait semblé être la chose la plus juste à faire, pour honorer cette beauté insolite. Je vis un moine, nous dit-elle. Son aube blanche, ses manches amples sur ses poignets fins, ses mains pâles. Il n'y avait pas de confessionnal, le moine était assis, elle prit place en face de lui, elle avait honte dans sa robe trop courte, mais ce sentiment disparut avec les premières paroles, qui furent celles du moine. Il lui demanda ce qui pesait sur son âme. Elle se lança sans réfléchir, disant qu'elle était incapable d'être reconnaissante envers la vie et que c'était le plus grand des péchés. J'étais calme, continua-t-elle, seulement ma voix n'avait que faire de mon calme, elle semblait voir un gouffre que je ne voyais pas, aussi elle tremblait. Je dis que c'était mon premier péché, et le dernier. Tout dans ma vie était merveilleux, mais je ne savais pas être reconnaissante, et j'avais honte de mon bonheur. Si ce n'est pas du bonheur, expliquai-je au moine, c'est au moins de la joie, ou de la chance, dispensée dans une mesure que peu de gens se voient octroyer, mais moi j'y ai droit, sans cependant jamais parvenir à la muer en une quelconque forme de paix de l'âme. Le moine resta sans réponse, puis il voulut savoir si elle priait. Il était plus jeune qu'elle, le crâne complètement rasé, un discret accent étranger. Je ne prie pas, lui dis-je, je ne vais pas à l'église, je veux vous raconter ma vie, et je la lui racontai, en partie. Mais ce n'est pas cela dont je me repens, conclus-je. C'est ma tristesse dont j'aimerais me repentir. Cela n'avait pas de sens, pourtant je pleurais. Alors le moine se pencha vers moi et dit que je ne devais pas avoir peur. Il ne souriait pas, il n'était pas paternel, il n'était rien. C'était une voix. Il dit que je ne devais pas avoir peur, et bien d'autres choses dont je ne me souviens plus, je me souviens de sa voix. Et de son geste à la fin. Ses deux mains proches de mon visage, et une ensuite qui effleure mon front dessinant le signe de la croix. Imperceptible.

Durant tout son récit la mère d'Andre avait gardé les yeux baissés, rivés au sol. Elle cherchait ses mots. Et soudain elle voulut nous regarder, pour ce qu'il lui restait à nous dire.

Je revins le trouver le jour suivant. Pas de confession, une longue promenade. Puis je revins encore, et encore. C'était plus fort que moi. Je revins aussi quand lui commença à me demander de revenir. Tout se passait très lentement. Chaque fois quelque chose se consumait. Notre premier baiser, c'est moi qui le voulus. Le reste ce fut lui. J'aurais pu m'arrêter à n'importe quel moment, je ne l'aimais pas tant que ça, j'aurais pu le faire. Au contraire je l'accompagnai jusqu'au bout, parce que c'était inhabituel, c'était le spectacle d'une perdition. Je voulais voir jusqu'où peuvent aller les hommes de Dieu en matière d'amour. Ainsi je ne le sauvai point. Jamais je ne trouvai une bonne raison de le sauver de ma personne. Il s'est tué il y a huit ans. Il m'a laissé un mot. Je me rappelle juste qu'il parlait du poids de la croix, mais d'une façon incompréhensible.

Elle nous regarda. Elle avait encore une chose à dire qui nous était vraiment destinée.

Andre est sa fille. Elle le sait.

Elle marqua une petite, perfide, pause.

J'imagine que Dieu aussi le sait, ajouta-t-elle. Car il n'a pas lésiné sur le châtiment.

Son regard ne m'étonna pas, celui du Saint par contre, que je connaissais, avait quelque chose de démoniaque. Il ressemble à un aveugle, dans ces moments-là, parce qu'il voit tout mais ailleurs — en soi. Il fallait quitter cette maison. Je me levai et trouvai les bons mots pour dissimuler la hâte soudaine — je ne semblais pas être venu pour autre chose, c'était probablement ce que je savais faire de mieux. La mère d'Andre fut impeccable, elle réussit même à nous remercier, sans une ombre d'ironie. Elle nous salua d'une poignée de main. Avant de sortir j'eus le temps de voir appuyée contre le mur, dans l'entrée, une chose qui n'avait absolument rien à faire là et qui était, à n'en pas douter, la basse de Bobby. Il joue de la basse, dans notre groupe — son instrument est noir brillant, avec une décalcomanie de Gandhi collée dessus. À présent il était là, chez Andre.

Nous pouvions revenir quand nous voulions, dit la mère d'Andre.

Mince alors, que fait ta basse chez Andre? — nous n'attendîmes pas le lendemain pour aller le lui demander. À la paroisse, le soir même, il y avait une réunion du groupe de prière qui tombait à pic, nous étions tous là, sauf Luca, les tensions habituelles chez lui.

Bobby devint tout rouge, il était totalement pris de court. Il dit qu'il jouait avec Andre.

Tu joues avec Andre? Et tu joues quoi?

Je joue de la basse.

Tout de suite il tentait de le prendre à la rigolade. Il est comme ça.

Ne dis pas de conneries, tu joues quoi avec elle?

Rien, c'est pour un de ses spectacles.

Tu joues avec nous, Bobby.

Et alors?

Et alors si tu te mets à jouer avec quelqu'un d'autre tu dois nous le dire.

Je vous l'aurais dit.

Quand?

Là, on sentit qu'il était énervé.

Mais qu'est-ce que vous me voulez, putain? On n'est pas mariés.

Il fit un pas en avant.

Pourquoi vous ne me dites pas plutôt ce que *vous* faisiez là-bas, et depuis quand vous allez chez elle?

Il avait raison de poser la question. Je lui expliquai. Je dis que nous étions allés, le Saint et moi, discuter avec la mère d'Andre. Nous voulions lui parler de sa fille, elle devait faire quelque chose, Andre courait à sa perte, entraînant avec elle ses amies.

Vous êtes allés voir la mère d'Andre pour lui dire ça?

J'ajoutai que le Saint lui avait parlé de nous, de l'Église, et de ce que nous pensions de toute cette histoire. Qu'il lui avait conseillé d'inciter Andre à aller se confesser, à parler avec un prêtre.

Andre? Se confesser?

Oui.

Mais vous êtes fous, vous avez perdu la tête.

C'était la meilleure chose à faire, dis-je.

La meilleure chose? Mais tu t'entends? Qu'est-ce que tu sais, toi, d'Andre, c'est sa mère, elle est bien placée pour savoir ce qu'elle doit faire.

Pas sûr.

C'est une adulte, tu es un gamin.

Cela ne veut rien dire.

Un gamin. Mais pour qui te prends-tu ? Tu crois pouvoir aller donner des leçons aux autres ?

C'est le Seigneur qui parle, avec notre voix, dit le Saint.

Bobby se tourna vers lui. Il ne remarqua pas son regard d'aveugle. Il était trop en rogne.

Tu n'es pas encore prêtre, le Saint, tu es un gamin, quand tu auras reçu l'ordination tu pourras revenir et nous te laisserons faire tes sermons.

Le Saint lui sauta dessus, il est d'une agilité infernale, dans ces moments-là. Ils finirent à terre, ils voulaient vraiment en découdre. Cela s'était passé si vite que je restais planté à regarder. Ils faisaient tout dans un silence absurde, concentrés, les mains au visage. Dures, autour du cou. Puis le Saint se cogna violemment la tête, par terre, et Bobby le sentit devenir tout mou dans ses bras. Ils avaient tous les deux du sang, sur eux.

Ainsi nous avons fini aux urgences. On nous a demandé ce qui s'était passé, nous nous sommes battus, a dit Bobby. Une histoire de filles. Le médecin a hoché la tête, ça ne l'intéressait pas. Il les emmena tous les deux derrière une porte vitrée, le Saint sur son brancard, Bobby sur ses jambes.

Assis dans le couloir, j'attendais, seul, sous une

affiche de l'Avis — ces bus où l'on va donner son sang. Petit, j'y accompagnais mon père. Ils stationnaient sur la place principale. Mon père retirait sa veste et retroussait sa manche de chemise. C'était évidemment un héros. À la fin on lui donnait un verre de vin et il me laissait y tremper mes lèvres. J'ai dix-huit ans et déjà le bonheur a la saveur du souvenir.

Bobby sortit, deux pansements sur le visage, rien d'alarmant, une main bandée. Il s'assit à côté de moi. Il était tard. Inutile de dire que nous étions réconciliés, mais je lui donnai un petit coup d'épaule, comme ça nous ne pouvions pas nous tromper. Il sourit.

Tu joues quoi avec Andre? lui demandai-je.

Elle danse, et moi je joue. C'est elle qui m'a sollicité, pour un spectacle. Elle veut faire un spectacle, avec ce truc.

Et ça donne quoi?

Je ne sais pas. C'est différent de ce que nous faisons. Cela n'a pas de sens précis.

C'est-à-dire?

C'est-à-dire que cela n'a pas de sens, ce que nous faisons ne signifie rien, il n'y a pas d'histoire, pas d'idée, rien. Elle danse, je joue, point final.

Il resta un moment à réfléchir. J'essayais de me représenter la chose.

Ce n'est donc pas une bonne action, ajouta-t-il, c'est une action et rien d'autre. Il ne s'agit pas de faire quelque chose de bien.

Il s'agissait de faire quelque chose *de beau.*

Il avait du mal à expliquer, et moi à comprendre, car nous sommes catholiques et nous n'avons pas l'habitude de faire la distinction entre valeur esthétique et valeur morale. C'est comme pour le sexe. On nous a appris qu'on fait l'amour pour communiquer, et pour partager notre joie. On fait de la musique pour les mêmes raisons. Le plaisir n'intervient pas, c'est une résonance, une réverbération. La beauté est juste un accident, nécessaire, mais à doses minimes.

Bobby dit qu'il se sentait *honteux* de jouer de cette façon, que quand il le faisait, chez Andre, il avait l'impression d'être nu, et que cela l'avait fait hésiter.

Tu sais quand nous parlons de *notre* musique? enchaîna-t-il.

Oui.

Quand nous disons que nous devrions commencer à jouer *notre* musique?

Oui.

Vu qu'il n'y a aucun but, seulement moi qui joue, et elle qui danse, il n'y a pas de vraie raison de le faire, sinon que nous voulons le faire, que ça nous plaît de le faire. La raison, c'est nous. Au final le monde n'est pas meilleur, nous n'avons convaincu personne, nous n'avons rien fait comprendre à personne — au final nous sommes là, comme au début, mais vrais. Et derrière nous, un sillage — quelque chose qui reste, quelque chose de *vrai.*

Cette histoire du vrai le travaillait.

C'est peut-être cela, l'envie de jouer *ma* musique.

Je ne le suivais plus trop.

Dit ainsi, ça a l'air d'une connerie monumentale, tu sais?

C'en est une. Mais Andre s'en moque, au contraire, tout ce qui peut devenir *émouvant* semble l'agacer. Elle a choisi la guitare basse, justement parce que c'est le minimum vital. Et c'est pareil quand elle danse. Chaque fois que cela pourrait devenir émouvant, elle s'arrête. Elle s'arrête toujours un pas avant.

Je le regardais.

De temps en temps, dit-il, j'arrive à faire quelque chose que je trouve beau, puissant, alors elle se tourne vers moi, sans cesser de danser, comme si elle avait entendu une fausse note. Elle s'en fiche complètement de cette beauté-là. Ce n'est pas ce qu'elle cherche.

Je souris. Tu as couché avec elle?

Bobby se mit à rire.

T'es con.

Allez, tu as couché avec elle.

Putain, tu comprends vraiment que dalle toi, hein?

Si, tu l'as fait.

Il se leva, fit quelques pas dans le couloir. Nous étions seuls. Il continua à aller et venir jusqu'à ce qu'il estimât que le débat était clos.

Luca? demanda-t-il.

Je lui ai téléphoné. Il va sans doute arriver, il avait des trucs à régler chez lui.

Il devrait partir de chez ses parents.

Il a dix-huit ans, à dix-huit ans on ne part pas de chez ses parents.

Qui a dit ça ?

S'il te plaît…

Ils sont en train de le détruire à petit feu, là-bas dedans. Il vient à l'hôpital, voir les larves ?

Nous les appelons les larves, les malades de l'hôpital.

Lui oui. C'est toi qui ne viens plus.

Il se rassit. La semaine prochaine, je viens.

Tu avais dit la même chose la semaine dernière.

Il fit oui de la tête. Je ne sais pas pourquoi, je n'en ai plus envie.

Personne n'en a envie, mais eux là-bas ils nous attendent. Tu veux les laisser se noyer dans leur pisse ?

Il réfléchit un instant.

Pourquoi pas ? dit-il.

Va te faire foutre.

Nous riions.

Puis les parents du Saint arrivèrent. Ils ne posèrent pas trop de questions, juste comment se sentait Bobby, et quand le Saint allait sortir. Ils avaient cessé depuis quelque temps de chercher à comprendre, ils se limitaient à attendre les conséquences et à remettre en ordre, à chaque fois. Ainsi ils étaient venus pour tout arranger, et ils semblaient décidés à le faire avec délicatesse, sans semer le trouble. Le père avait apporté de la lecture.

À un moment donné Bobby dit qu'il était désolé, qu'il ne voulait pas lui faire de mal.

Bien sûr, le rassura la mère du Saint avec un sourire. Le père leva les yeux de son livre et enchaîna d'un ton gentil avec une formule dont nos parents usent souvent. Penses-tu !

Cependant, au bout du compte, le Saint était plutôt mal en point. Les médecins voulurent le garder un peu, en observation — avec la tête, on ne sait jamais. On nous accompagna auprès de lui, ses parents semblaient essentiellement préoccupés par le linge. Les affaires de rechange. Car le bon Dieu est dans les détails, nous y croyons aveuglément.

Le Saint fit un signe à Bobby qui s'approcha. Ils se dirent quelque chose. Puis échangèrent un geste de respect.

Je restai avec Bobby pour signer les papiers de l'hôpital, et récupérer les prescriptions — les parents du Saint étaient déjà partis. Quand nous sortîmes, Luca attendait dehors.

Pourquoi tu n'es pas entré ?

Je les hais, les hôpitaux.

Nous nous dirigeâmes vers le tram, enfouis dans nos manteaux comme des tortues dans leur carapace, humant le brouillard. Il était tard, et l'obscurité n'offrait que solitude. Nous ne parlâmes qu'une fois arrivés à la station. Parce qu'un arrêt de tram la nuit, dans nos froids brumeux, c'est l'idéal. Juste les mots nécessaires, aucun geste. Un coup d'œil si besoin. On parle comme des hommes d'un autre temps. Luca voulait savoir et nous lui racontâmes, comme suit. Je commençai par l'après-midi chez la mère d'Andre. Avec l'économie de mots, c'était encore plus absurde.

Vous êtes fous, dit-il.

Ils sont allés lui faire la morale, ajouta Bobby.

Et elle l'a bien pris? demanda Luca.

Je racontai l'histoire du moine. Plus ou moins dans les termes que nous avions entendus. Jusqu'à Andre est sa fille.

Luca rit d'abord, puis resta un peu songeur.

Ce n'est pas vrai, finit-il par dire.

Elle s'est foutue de vous.

Je repensai à la manière dont cette femme s'était confiée, en quête de nuances, dans son discours, susceptibles de donner raison à Luca. Mais c'était peine perdue, il n'en ressortait rien. Subsistait donc cette hypothèse d'un prêtre dans le semis adverse — un coup bas. C'était mieux avant, nous d'un côté, eux de l'autre, chacun sa récolte. C'était le type de schéma dans lequel nous savions jouer. Mais à présent la géométrie avait changé, se conformant à leur géométrie débridée.

Vous viendrez voir le spectacle? lança Bobby. Il entendait ce truc préparé avec Andre.

Luca demanda des explications, puis dit qu'il préférait mourir.

Et toi ? Il se tourna vers moi.

Oui, je viendrai, réserve-moi trois places.

Trois ?

J'ai deux amis motivés.

Toujours les deux mêmes cons ?

C'est ça.

Va pour trois, alors.

Merci.

Voilà le tram, dit Luca.

Puisqu'ils s'étaient battus, ils partirent en montagne ensemble, Bobby et le Saint. C'est notre façon de faire. Quand quelque chose se casse, nous recherchons l'effort et la solitude. Tel est le luxe spirituel dans lequel nous vivons — nous choisissons comme remède, pour nous sauver, ce qui dans une existence normale serait une peine ou une condamnation.

Nous recherchons de préférence l'effort et la solitude au cœur de la nature. La montagne est notre lieu de prédilection, pour des raisons évidentes. Le lien entre effort et élévation, là, est littéral, et la tension de chaque forme vers le haut obsédante. En parcourant les cimes, le silence se fait religieux, et la pureté autour de nous est une promesse tenue — l'eau, l'air, la terre débarrassée de ses insectes. En définitive, pour celui qui croit en Dieu, la montagne reste le décor idéal. De plus le froid incite à cacher les corps et la fatigue les déforme : ainsi notre lutte quotidienne pour censurer la chair s'en trouve exaltée, et après plusieurs heures de marche nous ne sommes plus que pas et pensées — le strict nécessaire, comme on nous l'a enseigné, pour être nous-mêmes.

Ils partirent en montagne et ne voulurent personne avec eux. Une petite tente canadienne, quelques vivres, pas de livre ni de musique. Se passer de tout est une chose qui peut aider — rien ne permet mieux de s'approcher de la vérité que l'indigence. Ils partirent dans l'intention de délier un nœud entre eux. Deux jours et ils seraient de retour.

Je savais où ils projetaient d'aller. Il y avait un insupportable, immense pierrier en pente raide, avant d'arriver au sommet à proprement parler. Marcher dans un pierrier est une pénitence — j'y voyais la patte du Saint, c'était tout lui. Il voulait une pénitence. Mais aussi cette lumière, probablement — la lumière dans un pierrier est la vraie lumière de la terre. Enfin il recherchait cette étrange sensation qu'on éprouve là-haut, d'être comme une chose cotonneuse, demeurée la dernière, flottant sur un océan de fixité. Rescapé d'un sortilège.

Un peu envieux, je les vis partir. Nous nous

connaissons suffisamment pour déceler les moindres petites nuances de nos comportements. Bobby avait une façon étrange de s'adonner aux préparatifs du départ — il s'était même pointé avec les mauvaises chaussures, comme s'il n'avait pas vraiment envie de partir. Je lui demandai s'il était sûr de vouloir y aller et il haussa les épaules. Cela ne semblait pas lui importer beaucoup.

La première nuit ils campèrent au pied du pierrier. Ils montaient la tente, désormais dans l'obscurité, et le sac à dos du Saint, posé sur un rocher, roula à terre. Il n'était pas bien fermé, les quelques accessoires du voyage s'en échappèrent. Mais aussi, dans la lumière de la lampe à gaz, un scintillement métallique que Bobby n'identifia pas tout de suite. Le Saint alla remettre ses affaires dans son sac, puis revint près de la tente. Que fais-tu avec un revolver ? l'interrogea Bobby, en souriant. Rien, dit le Saint.

Ce fut non seulement à cause de ce revolver mais, peut-être plus encore, suite à leurs paroles échangées durant la nuit. Le matin ils commencèrent à gravir le pierrier, sans se parler, deux étrangers. Le Saint a une façon de marcher implacable, il grimpait avec constance, silencieux. Bobby était à la traîne, le fait de ne pas avoir pris les bonnes chaussures ne l'aidait pas. Un vent d'est se leva puis vint la pluie. Il faisait un froid de canard. Le Saint avait trouvé son rythme et faisait des petites pauses, régulières — il ne se retournait jamais. Derrière lui, à un moment donné, Bobby cria quelque chose. Le Saint se retourna. Bobby hurla qu'il en avait ras le cul, qu'il faisait demi-tour. Le Saint secoua la tête et lui fit un signe, pour lui dire d'arrêter, et d'avancer, plutôt. Mais Bobby ne voulait rien entendre, il criait fort, il semblait au bord des larmes. Alors le Saint descendit de quelques mètres, lentement, en regardant bien où il mettait les pieds. La pluie tombait à l'oblique, glacée. Quand il ne fut plus qu'à un jet de cailloux de Bobby, il lui demanda d'une voix forte quelle foutue mouche l'avait piqué. Aucune, répondit Bobby, c'est juste que moi, je fais demi-tour. Le Saint s'approcha encore un peu, mais en se tenant toujours à quelques mètres. Tu ne peux pas faire ça, dit-il. Bien sûr que je peux. D'ailleurs, tu devrais en faire autant, partons d'ici, c'est une randonnée merdique. Seulement, pour le Saint, ce n'était pas une randonnée, ce ne sont pas des randonnées pour nous croyants — rien de pire que de parler de randonnées, ce sont des rites de notre liturgie. Ainsi le Saint sentit quelque chose se briser de façon irrémédiable, et il ne se trompait pas. Il dit à Bobby qu'il lui faisait pitié. Regarde-toi, fanatique à la con, lui répondit Bobby. Ils ne hurlaient pas vraiment, mais le vent les obligeait à élever la voix. Ils restèrent un instant immobiles, en suspens. Puis le Saint tourna sur ses talons et reprit son ascension, sans un mot. Bobby le laissa s'éloigner et commença à lui hurler que c'était un fou, qu'il croyait être un saint, hein?, mais qu'il n'en était pas un, tout le monde savait très bien qu'il n'en était pas un, avec ses putains! Le Saint continuait à monter, il ne semblait pas écouter, cependant, au bout d'un moment, il s'arrêta nettement. Il retira son sac à dos, le posa par terre, l'ouvrit, se pencha pour y prendre quelque chose et se releva, en serrant le revolver dans sa main droite. Bobby! lança-t-il. Outre la distance qui les séparait, il y avait le vent, il dut crier. Garde-le, toi. Et il jeta le revolver dans sa direction, pour qu'il le prenne. Bobby le laissa tomber dans les cailloux, ça lui faisait peur, les revolvers. Il le vit ricocher sur une pierre puis rouler dans un trou. Lorsqu'il se tourna vers le Saint, il le vit de dos, lentement, monter. D'abord il ne comprit pas, mais ensuite il réalisa que ce garçon ne voulait pas se retrouver seul avec son revolver, complètement seul avec cette arme. Alors il éprouva une profonde tendresse pour le Saint, et pour son obstination à marcher, de plus en plus petit, dans le pierrier. Cependant il ne changea pas d'avis, et ne se remit pas à grimper, et sut qu'il en serait ainsi pour toujours.

Il alla ramasser le revolver. Même si cela l'horrifiait, il le glissa dans son sac à dos, afin qu'il disparaisse de sa vue et de toute solitude que le Saint pourrait traverser. Puis il prit le chemin du retour.

Je connais cette histoire parce que Bobby me l'a racontée, dans ses moindres détails. Il l'a fait pour m'expliquer que probablement les choses avaient déjà été fixées avant, avec une lenteur géologique, mais au bout du compte c'était dans le pierrier qu'il avait compris, soudainement, que tout était fini. Il se référait à un phéno-mène que nous connaissons bien — l'expression imprécise que nous utilisons est : perdre la foi. C'est notre cauchemar. Nous savons qu'à tout moment sur notre chemin cela peut arriver, une sorte d'éclipse totale — perdre la foi.

Ce que les prêtres peuvent nous enseigner, au sujet de cette éventualité, n'est compré-hensible qu'en se reportant à l'expérience des premiers apôtres. Ils étaient peu nombreux, les plus proches du Christ, et le lendemain du Calvaire, après avoir décroché leur Maître de sa croix, ils se réunirent, désemparés. Rappelons qu'ils portaient sur leurs épaules la douleur très humaine de la perte d'un être cher : mais rien de plus. Aucun d'eux, à ce moment-là, n'avait conscience que celui qui venait de mourir n'était ni un ami, ni un prophète, ni un maître — mais Dieu. C'était quelque chose qu'ils n'avaient pas compris. Évidemment réussir à imaginer que cet homme était *vraiment* Dieu les dépassait. Ils se retrouvèrent donc, ce jour-là, après le Calvaire, pour célébrer le souvenir tout simple d'une personne chère, et irremplaçable, qu'ils avaient perdue. Seulement du ciel, au-dessus d'eux, descendit l'Esprit-Saint. Ainsi, tout à coup, le voile se déchira, et ils comprirent. Ce Dieu aux côtés duquel ils avaient marché durant des années, ils le reconnurent, et sans doute qu'à cet instant chaque petite pièce de la mosaïque leur est revenue en mémoire, dans une lumière éblouissante, au point de les pénétrer en profondeur, et pour toujours. Dans le Nouveau Testament, cette pénétration lumineuse est évoquée à travers la belle métaphore de la glossolalie : soudain ils devinrent capables de parler toutes les langues du monde — c'était un phénomène connu, on l'associait aux figures des voyants, des devins. C'était le sceau d'une intelligence magique.

En conclusion, ce que les prêtres nous enseignent est que la foi est un don, qui vient d'en haut, et qui appartient au domaine du mystère. C'est pourquoi elle est fragile, comme une vision — et comme une vision, elle est intouchable. Un événement surnaturel.

Cependant nous savons que les choses ne se passent pas ainsi.

Nous sommes obéissants envers la doctrine de l'Église, mais il existe aussi une histoire différente que nous connaissons bien, dont les racines se cachent dans la terre soumise qui nous a engendrés. Quelque part, et de manière invisible, nos familles tristes nous ont transmis un instinct inéluctable qui nous fait croire que la vie est une expérience immense. Plus modestes ont été les principes qu'on nous a inculqués, plus vives ont été, chaque jour, les incitations souter-raines à une ambition sans limites — une soif de sens presque irraisonnée. Nous avons donc abordé le monde, dès notre plus jeune âge, avec l'intention précise de le rendre à sa grandeur. Nous le voulons juste, noble, ferme dans sa quête du mieux et incontrôlable dans son chemine-ment de création. Cela fait de nous des rebelles, et des marginaux. Ce monde nous apparaît essentiellement comme un cortège de devoirs humiliants, ingrats, en totale inadéquation avec nos attentes. Dans les vies de ceux qui ne croient pas nous voyons la routine des condam-nés, et dans chacun de leurs gestes nous devi-nons la parodie de l'humanité dont nous rêvons. N'importe quelle injustice constitue un affront à nos attentes — de même que chaque douleur, méchanceté, bassesse d'âme, mauvaise action. Tout passage à vide du sens est un affront — et tout homme sans espoir, ou dignité. Chaque mesquinerie. Chaque instant perdu.

Ainsi, bien avant de croire en Dieu, nous croyons en l'homme — et ce n'est que cela, au début, la foi.

Comme je l'ai dit, elle affleure en nous sous la forme d'un combat — nous sommes contre, nous sommes différents, nous sommes fous. Ce qui plaît aux autres nous dégoûte, et ce qu'ils méprisent nous est précieux. Inutile de préciser que cette posture nous galvanise. Nous grandissons avec l'idée que nous sommes des héros — d'un genre étrange toutefois, qui n'est pas issu de la typologie classique du héros — en effet nous n'aimons pas les armes, ni la violence, ni la lutte animale. Nous sommes des héros féminins, par notre façon de nous jeter dans la bagarre à mains nues, forts d'une candeur enfantine et invincibles dans notre armure d'irritante modestie. Nous nous faufilons entre les roues dentées du monde le front haut mais du pas des perdants — ce pas honteusement humble, et décidé, qui fut celui de Jésus de Nazareth parcourant le monde durant toute sa vie publique, pour définir moins une doctrine religieuse qu'un modèle de comportement. Invincible, comme l'histoire l'a démontré.

Au terme de cette épopée inversée, nous trouvons Dieu. C'est un aboutissement naturel, qui coule de source. Nous croyons tellement en chaque créature, qu'il nous semble normal au final de penser à une création — un geste savant auquel nous donnons le nom de Dieu. Ainsi, notre foi n'est pas tant un événement magique, et incontrôlable, qu'une déduction linéaire, le prolongement infini d'un instinct hérité. Chercheurs de sens, nous nous sommes aventurés bien loin, et au bout du voyage il y avait Dieu — le sens dans toute sa plénitude. Très simple. Quand il nous arrive de perdre de vue cette simplicité, les Évangiles nous viennent en aide, car dans leurs pages notre voyage de l'homme à Dieu est fixé pour toujours dans un modèle établi, où le fils rebelle de l'homme se confond avec le fils bien-aimé de Dieu, tous deux réunis en une seule chair, héroïque. Ce qui pourrait être folie, en nous, est là révélation, et destin accompli — idéo-gramme parfait. Nous en retirons une certitude sans faille — nous l'appelons foi.

La perdre, cela arrive. Mais j'emploie ici une expression imprécise, qui se réfère à la foi comme enchantement, une chose qui ne nous concerne pas. Je ne *perdrai* pas la foi, Bobby ne peut la *perdre*. Nous ne l'avons pas *trouvée*, nous ne pouvons la *perdre*. C'est différent, cela n'a rien de magique. Ce qui me vient à l'esprit, c'est l'écroulement géométrique d'un mur — l'instant où un point de la structure cède, et que tout s'effondre. Car solide est le mur, mais il y a au milieu une pierre mal encastrée, un point d'instabilité. Au fil du temps nous avons appris avec exactitude *où* la trouver — cette pierre cachée susceptible de nous trahir. À l'endroit précis où se concentre tout notre héroïsme, tout notre sentiment religieux : c'est là que nous rejetons le monde des autres, là que nous le méprisons, avec une certitude instinctive, là que nous le savons insensé, et que cela revêt la forme d'une évidence totale. Seul Dieu nous donne satisfaction, jamais les choses. Toutefois ce n'est pas toujours vrai, ce n'est pas vrai pour toujours. Il y a parfois l'élégance d'un geste chez l'autre, ou la beauté gratuite d'un mot laïc. Le scintillement de la vie, cueilli dans des destins ratés. La noblesse du mal, par moments. Filtre alors une lumière, que nous n'aurions jamais soupçonnée. La certitude de pierre se fissure, et tout s'effondre. Je l'ai vu souvent, je l'ai vu chez Bobby. Il m'a dit — il y a un tas de choses vraies, sous nos yeux, et nous ne les voyons pas, mais elles sont là, et elles ont un sens, sans nul besoin de Dieu.

Donne-moi un exemple.

Toi, moi, tels que nous sommes vraiment, non tels que nous feignons d'être.

Donne-m'en un autre.

Andre, et même les gens qui gravitent autour d'elle.

Tu trouves que cela *a un sens*, des gens comme ça ?

Oui.

Pourquoi ?

Ils sont vrais.

Nous, nous ne le sommes pas ?

Non.

Il voulait dire qu'en l'absence de sens, le monde tourne quand même, et que dans les acrobaties d'une existence sans coordonnées il y a une beauté, voire une noblesse, parfois, que nous ignorons — comme une possibilité d'héroïsme à laquelle nous n'avons pas pensé, *l'héroïsme d'une vérité parmi d'autres.* Si tu découvres cela, de tes propres yeux, en observant le monde, ne serait-ce qu'une seule fois, alors tu es perdu — désormais un autre combat se profile, pour toi. Si nous avons grandi avec la certitude d'être des héros, dans d'autres légendes nous devenons mémorables. Dieu s'efface, comme par un jeu d'enfant.

Bobby me dit que ce pierrier, en montagne, lui était apparu, d'un coup, comme le vestige d'une forteresse en ruine. Pas moyen de marcher dessus, ajouta-t-il.

Nous assistâmes alors à son lent glissement au loin, mais jamais de dos, les yeux encore sur nous, ses amis. On aurait dit qu'il allait revenir, au bout de quelque temps. Jamais nous n'imaginâmes le voir disparaître pour de bon. Mais il laissa tomber les larves, là-bas à l'hôpital, et tout le reste. Il vint jouer encore quelquefois, à l'église, puis plus rien. C'est moi qui faisais les basses, au clavier. Ce n'était pas la même chose, mais surtout ce n'était pas la même façon de grandir, pour nous, sans lui. Il avait une certaine légèreté, nous n'en avions pas.

Un jour il nous reparla de son spectacle avec Andre, si nous voulions vraiment le voir. Nous dîmes oui, nous y allâmes, et cela changea nos vies.

C'était dans un théâtre en dehors de la ville, une heure de voiture, jusqu'à une bourgade avec des rues et des maisons éteintes, la campagne autour. La province. Un théâtre d'un autre âge, sur la place principale, avec des loges et tout — en fer à cheval. Il y avait sans doute une poignée de gens du coin, mais c'était pour l'essentiel des amis et des parents qui avaient fait le déplacement, comme pour un mariage, tous à se saluer, à l'entrée. Nous nous tenions à l'écart, parce qu'ils étaient nombreux — ceux que Bobby considérait comme vrais, contrairement à nous. Une fois de plus ils me dégoûtèrent, cependant.

Le spectacle ne nous parut pas beaucoup mieux. Malgré toute notre bonne volonté. Mais ce n'était pas le genre de chose que nous pouvions apprécier. À part Andre il y avait Bobby qui jouait, des diapositives en arrière-plan, et trois autres danseurs qui eux étaient des gens normaux, difformes même, des corps dépourvus de beauté. Ils ne dansaient pas, à moins que ce ne soit ça la danse, bouger selon des règles et un plan précis. De temps en temps, à la basse de Bobby se mêlaient d'autres sons et d'autres bruits, enregistrés. Des cris, tout à coup — et à la fin.

Sur la basse de Bobby il y avait encore la décalcomanie de Gandhi — cela me fit plaisir. C'était vrai qu'il jouait différemment ; il n'y avait pas que les notes, mais aussi sa façon de bouger sur ses pieds, la courbe de son dos, et surtout son visage, recherché, libéré de toute honte, comme faisant abstraction du public — un visage intime. On y voyait, en regardant bien, Bobby tel qu'il était, depuis qu'il avait cessé d'être Bobby. Nous étions fascinés. Le Saint riait parfois, mais doucement, embarrassé.

Et puis il y avait Andre. Elle était dans ses mouvements, tout entière — un corps. Ce que je parvenais à comprendre, c'est qu'elle cherchait une sorte de nécessité dans l'enchaînement de ses gestes, comme si elle avait décidé de substituer au hasard, ou au naturel, une nécessité susceptible de les relier entre eux, l'un induisant l'autre, inévitablement. Mais comment savoir après tout. On pouvait dire autre chose, c'était que là où elle évoluait une intensité particulière se formait, par moments hypnotique — nous le savions, nous l'avions déjà remarqué aux spectacles du lycée, néanmoins ce n'est pas une chose à laquelle on s'habitue, à chaque fois on se laisse surprendre, et c'est ce qui arriva ce soir-là, alors qu'elle — dansait.

Je dois ajouter que c'était exactement comme Bobby l'avait décrit, cela ne voulait rien dire, il n'y avait pas d'histoire, pas de message, rien, juste cette apparente *nécessité*. À un moment donné toutefois, Andre était étendue au sol, sur le dos, et quand elle se releva, elle le fit en laissant tomber la tunique blanche qu'elle portait, la mue d'un serpent, et apparut sous nos yeux, nue. Ainsi nous était donné, sans qu'on nous demande rien en échange, ce que nous avions toujours cru hors de notre portée — nous laissant dans l'incapacité de réagir. Nue, Andre enchaînait ses mouvements, et quelle que fût notre position, dans le fauteuil du théâtre, elle s'avérait soudain inappropriée, comme l'endroit où nous posions nos mains. Quant aux yeux, j'avais beau les contraindre à regarder la scène dans son ensemble, ils cherchaient le corps dans ses détails, pour s'emparer de ce don inattendu. Il y avait en outre la vague sensation que cela n'allait pas durer, et donc une certaine agitation, et la déception lorsqu'elle revenait près de sa tunique ; qu'elle laissait cependant toujours par terre, s'éloignant à nouveau — elle l'évitait. Je ne sais pas si elle savait ce qu'elle était en train de faire, avec nos yeux. Aussi bien cela n'avait aucune importance pour elle, l'essentiel n'était pas là. Mais pour nous si — il faut rappeler que moi, par exemple, j'avais vu une fille nue quatre fois dans ma vie, d'ailleurs je les avais comptées. Et puis elle, c'était Andre, ce n'était pas n'importe quelle fille. Donc nous la regardions — et le fait est que nous n'en retirions rien de sexuel, rien qui eût trait au désir, comme si notre regard s'était détaché du reste de notre corps, et cela me parut magique : que l'on puisse montrer ainsi un corps, nu, en le faisant apparaître comme une pure force, pas comme un corps, nu. Même quand je regardai entre ses jambes, et j'osai le faire, parce qu'elle voulait bien que je le fasse, il n'y avait plus de sexe depuis un bout de temps, disparu, juste une proximité inouïe, inconcevable. Et cela, je crus comprendre, était l'unique message, l'unique histoire qui m'avait été racontée, sur cette scène de théâtre. Cette histoire du corps nu. Avant la fin, Andre se rhabillait, mais lentement, une tenue d'homme, jusqu'à la cravate — quelque chose de symbolique, je présume. En dernier disparut le triangle blond entre ses cuisses, dans un pantalon à pinces sombre, et ce fut durant ce long rhabillage qu'on entendit des quintes de toux, dans la salle, comme si les gens revenaient de loin — ainsi nous nous aperçûmes du silence spécial, qui avait précédé.

Après nous allâmes dans les loges. Bobby semblait heureux. Il nous serra tous dans ses bras. C'était bien ? demanda-t-il. Bizarre, dit Luca. Mais à peine avait-il prononcé ce mot qu'il prit la tête de Bobby entre ses mains, et appuya son front contre le sien, en se frottant un peu — nous n'avons pas ce genre de geste, d'habitude, nous ne faisons pas intervenir le corps, entre hommes, quand nous cédons à la tendresse, à l'émotion. Et le Saint, qu'est-ce qu'il en dit le Saint ? demanda Bobby. Le Saint se tenait en retrait d'un pas. Un sourire sur son beau visage, il se mit à secouer la tête. Tu es génial, lâcha-t-il, entre ses dents. Viens là, enfoiré, dit Bobby, et il alla l'embrasser. Je ne sais pas, tout était si étrange — nous étions mieux.

Andre s'approcha, alors, c'est elle qui vint vers nous, elle l'avait décidé. Mes amis, dit Bobby, un peu vague. Elle s'était arrêtée à un pas de nous, elle fit oui de la tête, enveloppée dans un peignoir, bleu. Pieds nus. Le groupe, lança-t-elle, mais sans mépris — elle prenait note de quelque chose. Bobby nous présenta, d'abord moi, puis Luca, et enfin le Saint. Sur le Saint son regard se figea, et lui le soutint. Ils semblèrent sur le point de dire quelque chose, tous les deux. Mais un type qui passait par là étreignit Andre par-derrière, c'était un de ceux-là, tout sourire. Il lui glissa que c'était magnifique, et nous l'enleva. Andre nous adressa encore quelques mots comme Vous restez n'est-ce pas ? Puis elle avait déjà disparu.

Rester — là, Bobby nous avait piégés. Nous n'osions pas lui dire non, à cette période, et il nous avait invités à venir avec lui, après le spectacle, dans une maison appartenant à Andre, une grande maison de campagne, pour y passer la nuit, on allait faire la fête, et on aurait même un lit pour dormir. Nous n'acceptons pas facilement d'aller dormir chez d'autres gens, nous n'aimons pas nous retrouver dans l'intimité d'autrui — les odeurs, les brosses à dents usagées dans la salle de bains. Nous n'allons pas non plus très volontiers aux fêtes, qui ne s'accordent guère à notre singulière forme d'héroïsme. Cependant nous lui avions dit oui — nous trouverions bien un moyen de nous échapper, c'est ce que nous pensions.

En nombre ils s'écoulèrent vers cette maison, à quelques kilomètres, une procession de voitures, sportives pour la plupart. Du coup, nous ne pûmes trouver d'échappatoire. Une échappatoire courtoise. Nous débarquâmes dans cette fête, dont nous ne savions pas franchement comment profiter. Le Saint se mit silencieusement à boire, et cela nous parut une bonne solution. Alors tout devint plus facile. Nous connaissions certaines personnes, moi par exemple, je rencontrai une amie de ma fiancée. Elle me demanda de ses nouvelles, pourquoi elle n'était pas là : nous ne sommes plus vraiment ensemble, lui dis-je. Eh bien allons danser, lança-t-elle, comme si c'était une conséquence naturelle, l'unique. Luca me tira en arrière, pas le Saint qui était en grande discussion avec un vieux aux cheveux longs — ils se penchaient à tour de rôle l'un vers l'autre pour percer la musique, à plein volume. Dans ces décibels nous nous mîmes à danser. Bobby nous vit, et il semblait content, comme devant un problème résolu. Moi, à chaque chanson qui passait, je me disais que c'était la dernière, mais finalement je continuais — Luca s'approcha et me cria dans une oreille que nous étions tordants, mais il voulait me signifier le contraire, que nous étions magnifiques, pour une fois, et il avait sans doute raison. J'ignore comment, je me retrouvai assis, au bout du compte, avec à mes côtés l'amie de ma fiancée. Tout transpirants, à regarder les gens danser, en marquant le tempo avec la tête. Il n'y avait pas moyen de parler, nous ne parlions pas. Elle se tourna, mit ses bras autour de mon cou, et m'embrassa. Ses lèvres étaient belles, douces, et elle embrassait comme si elle avait soif. Je me laissai faire encore un peu, cela me plaisait. Puis elle regarda à nouveau les gens, peut-être en me tenant la main, je ne me souviens plus. Je pensais à ce baiser, je ne savais même pas ce que c'était. Elle se leva et retourna danser.

Nous allâmes dormir quand la drogue commença à circuler un peu trop ; soit tu te droguais aussi, soit tu ne te sentais vraiment plus à ta place. Nous y allâmes, donc, parce que tout ça n'était pas pour nous. Il fallut trouver Bobby, pour savoir quels lits nous pouvions prendre, seulement il était déjà sous l'emprise de l'herbe, et nous ne tenions pas à le voir comme ça — lui ne tenait pas à tout gâcher pour cette histoire-là. Comme si elle avait compris, Andre vint, alors, pour nous accompagner, d'un ton gentil, mesurée dans ses gestes — sortie d'on ne sait où, elle ne faisait pas la fête avec les autres. Elle nous conduisit dans une chambre, à l'autre bout de la maison. À un moment donné elle dit Je sais, moi aussi à la longue je me lasse de danser. Cela ressemblait au début d'une conversation, du coup Luca dit que lui il ne dansait jamais, mais qu'en vérité, quand il le faisait il trouvait ça très chouette, et il rit. Oui, ça l'est, dit Andre, en le regardant. Puis elle ajouta Vous ne le savez peut-être pas, mais vous êtes très beaux, tous les trois. Bobby aussi. Elle s'en alla, parce que ce n'était pas le début d'une conversation, c'était une chose qu'elle avait envie de dire, point.

Ce fut peut-être cette phrase, ou les effets de l'alcool et de la danse, mais une fois seuls, nous restâmes une bonne partie de la nuit à discuter, tous les trois, sans doute pour prolonger quelque chose. Luca et moi couchés dans un grand lit, le Saint sur un canapé, à l'opposé de la pièce. Nous parlions comme si nous avions devant nous un futur, à peine découvert. Nous parlions de Bobby, et du fait que nous devions lui dire de revenir avec nous. Et de tous nos souvenirs, souvent inavouables, sous un jour différent toutefois, sans remords — nous nous sentions capables de tout, cela arrive aux jeunes. Nos oreilles bourdonnaient, et dès que nous fermions les yeux nous avions la nausée — mais nous continuions à discuter, tandis qu'à travers les persiennes filtrait la lumière du jardin, elle finissait en bandes sur le plafond, nous les fixions, sans cesser de parler, sans nous regarder. Nous demandâmes au

Saint où il allait quand il disparaissait. Il nous le dit. Nous n'avions peur de rien. Luca parla de son père, au Saint pour la première fois, à moi en me confiant des choses que je ne savais pas. Nous semblions capables de n'importe quoi, et prononcions des mots que nous semblions comprendre. Pas une seule fois quelqu'un ne dit Dieu. Par intermittence nous restions silencieux, un moment, parce que nous avions le temps, et nous voulions que cela dure toujours.

Le Saint était en train de parler, quand nous entendîmes un bruit, tout proche — puis la porte qui s'ouvrait. En plus de nous taire, nous tirâmes le drap sur nous — toujours la même pudeur. Cela pouvait être n'importe qui, mais c'était Andre. Elle entra dans la pièce, referma la porte, elle portait un tricot blanc et rien d'autre. Elle regarda un peu autour d'elle, puis vint se glisser dans le lit, entre Luca et moi, comme si cela avait été convenu. Elle faisait tout tranquillement, sans dire un mot. Elle posa sa tête sur la poitrine de Luca, demeurant un instant immobile, de côté. Une jambe en travers des siennes. Luca d'abord ne fit rien, puis il se mit à lui caresser les cheveux, on entendait encore la musique de la fête, de loin. Ensuite ils se rapprochèrent alors je m'assis sur le lit, avec l'idée de m'en aller, la seule idée qui m'était venue. Sauf qu'Andre se tourna légèrement, et me dit Viens là, en me prenant la main. Ainsi je m'étendis derrière elle, mon cœur collé contre son dos, en gardant mes jambes un peu en retrait, au début, puis en me serrant davantage, mon sexe contre sa peau, ronde, qui commença à bouger, lentement. Je l'embrassais sur la nuque, tandis qu'elle passait ses lèvres sur les yeux de Luca, délicatement. Je sentais le souffle de Luca, et sa bouche entrouverte tout près de moi. Toutefois là où j'aventurais mes mains, il retirait les siennes — nous touchions Andre sans nous toucher, nous nous étions très vite mis d'accord. Et elle se donnait doucement, toujours silencieuse, en nous regardant, tour à tour.

Elle était le secret — nous l'avions compris depuis très longtemps, et maintenant le secret était là, il n'y avait qu'un pas à faire. Nous n'avions jamais désiré autre chose. Aussi nous la laissions nous guider, et tout était simple, même ce qui ne l'avait jamais été, pour moi. Je n'avais rien vécu de semblable, mais la disparition du moindre soupçon d'obscurité était telle que je savais déjà ce que j'allais voir quand, à un moment donné, je me tournai du côté du Saint, et que je le découvris assis, là, sur le canapé, les pieds au sol, en train de nous observer, sans expression — un personnage de tableau espagnol. Il ne bougeait pas. Il respirait à peine. J'aurais dû prendre peur, car son regard ressemblait à celui que je connaissais, mais ce ne fut pas le cas. Tout était simple, encore une fois. Il ne tenta pas de me faire un signe, il n'y avait rien qu'il voulût me dire. À part sa présence, son regard fixé sur nous. Je songeai alors que tout était vrai, si lui le voyait — vrai et innocent, s'il se taisait.

À nouveau je regardai Andre — couchée sur le dos elle tirait Luca et le repoussait, entre ses jambes ouvertes. Nous avons tellement été habitués à prendre du plaisir sans baiser que les choses vraiment excitantes pour nous sont ailleurs, elles n'impliquent pas du tout le fait d'être l'un dans l'autre — et ce mouvement animal. Mais regarder dans les yeux quelqu'un qui est en train de faire l'amour, ça, je ne l'avais jamais imaginé — je le considérai comme le plus haut degré de proximité possible, une possession définitive presque. Alors j'eus la sensation que j'emportais le secret avec moi pour de bon. Je fixai les yeux d'Andre, qui me regardaient, dodelinant au rythme des poussées de Luca. Je savais ce qu'il manquait, aussi m'approchai-je pour l'embrasser sur la bouche, je ne l'avais jamais fait, je voulais le faire depuis toujours — elle tourna la tête, m'offrit sa joue, posa une main sur mon épaule, pour m'éloigner légèrement. Je continuai à l'embrasser, cherchant sa bouche — elle souriait en se dérobant encore. Elle dut comprendre que je n'arrêterais pas, alors elle se dégagea de Luca, on aurait dit un jeu, elle se pencha sur moi, prit mon sexe entre ses lèvres, sa bouche loin de la mienne, selon son désir. Je croisai le regard de Luca, ce fut la seule fois, il avait les cheveux collés sur le front et rien à faire, il était magnifique. Je me laissai tomber sur le dos. Je pensai que maintenant j'allais regarder Andre qui suçait mon sexe, je l'aurais vue comme ça, une fois pour toutes. Mais finalement je mis une main dans ses cheveux et resserrai mes doigts, pliant le bras et tirant sa tête vers moi. Je savais, quelque part, que si je ne parvenais pas à l'embrasser tout aurait été inutile. Elle se laissa faire, souriante, elle arriva à un souffle de mes lèvres, seulement elle riait. Elle monta sur moi pour maintenir mes épaules sur le matelas, elle riait à un souffle de mes lèvres, un jeu. Je pris sa tête par-derrière, et l'attirai vers moi, elle se raidit d'abord, puis elle cessa de rire, alors je fis avec mon bassin un mouvement que je ne connaissais pas, elle me laissa entrer en elle, et je capitulai, car c'était la première fois de ma vie que je baisais. Je ne l'avais même pas fait avec nos putains, jamais.

Nous nous endormîmes dans la lumière du matin qui perçait les volets, le canapé désert, le Saint disparu on ne sait où. Nous dormîmes plusieurs heures. Quand nous nous réveillâmes Andre n'était plus là. Nous nous regardâmes un instant, Luca et moi. Il dit Merde. Il le dit pas mal de fois, en tapant sa tête sur l'oreiller.

Peu de temps après, la nouvelle se répandit qu'Andre attendait un enfant — les filles en parlaient comme d'une chose qui devait arriver, et c'était arrivé.

Luca fut terrorisé. Impossible de le raisonner, j'avais beau lui dire que nous n'en savions rien, qu'aussi bien tout était faux. Et puis qui disait que c'était vraiment le nôtre, cet enfant ? C'est ce que je disais, *le nôtre.*

Nous essayions de nous rappeler ce qui s'était passé. Nous savions que les choses fonctionnaient d'une certaine manière, mais guère plus. Il nous sembla important de comprendre où diable nous avions émis notre semence, expression hautement biblique que les prêtres emploient à la place de *jouir.* Le problème était que nous n'avions pas de souvenir précis — cela peut paraître étrange, mais c'était ainsi. Comme j'ai déjà eu l'occasion de le dire, nous jouissons rarement, et par erreur, nous faisons l'amour d'une autre façon — par conséquent, même avec Andre, il ne nous avait pas semblé être là, le cœur de l'affaire. Pourtant nous conclûmes qu'en effet, c'était en elle que nous avions joui, *aussi* — et ce aussi fut la seule chose qui fit rire Luca, mais pas longtemps.

Cela pouvait être le nôtre, nous comprîmes.

Cette idée était effroyable, rien à dire. À peine nés à l'art d'être fils, nous devenions pères, victimes d'une précipitation insensée des événements. En plus du sentiment de culpabilité, immense, une culpabilité honteuse, sexuelle

— que nous ne saurions jamais expliquer, à nos mères, à nos pères, et au lycée. Il était naturel d'imaginer chacun de son côté ce qui allait se passer, quand nous l'aurions dit et décrit, les détails, l'absence de raisons, les silences. Les pleurs. À moins que notre entourage ne le découvre avant — à chaque fois que nous rentrions à la maison, en poussant la porte, nous interrogions ce silence, pour savoir si c'était la tristesse étouffée de toujours, ou le vide du désastre. Ce n'était pas une vie, ça. Et en s'efforçant de ne pas penser à l'après, un enfant vrai, sa vie, sous quel toit, avec quels pères et quelles mères, l'argent. Nous ne pouvions aller jusque-là, je n'ai jamais vu cet enfant, pas une seule fois, dans mon imagination, je ne suis jamais arrivé jusqu'à lui, durant cette période.

Secrètement, je remontais encore plus en arrière, je nous voyais exilés dans un paysage qui n'était pas le nôtre, entraînés par cette vocation au tragique qui appartenait aux riches — il y avait une fracture, et je pouvais en percevoir le bruit. Nous étions allés trop loin, en suivant Andre, et pour la première fois je me surpris à penser que nous ne serions plus capables de trouver le chemin du retour. À part les autres peurs, c'était là ma véritable terreur, mais je ne le dis jamais à Luca — tout le reste suffisait à le pétrifier, notre aventure.

Nous la vivions seuls, disons-le aussi, en gardant chaque chose secrète à l'intérieur de nous.

Bobby, nous ne voulions pas lui en parler, le Saint avait disparu dans le néant. Au chevet des larves, nous avions cessé d'y aller, à la messe nous n'étions plus que deux à jouer et chanter, une plaie. Je tentai de parler avec le Saint, mais il me fuyait, glacial, je réussis à le coincer une fois à la sortie du lycée, rien n'en ressortit. On sentait qu'il avait besoin de temps. Il n'y avait personne d'autre, autour de nous. Aucun prêtre, pour des confessions de ce genre. En somme nous étions si seuls — une solitude qui porte en germe les désastres.

Nous étions si jeunes également.

En parler avec Andre, cela ne nous venait même pas à l'esprit. Elle non plus ne chercherait jamais à nous revoir, nous le savions. Ainsi nous nous informions ici et là, en prenant garde de ne pas mettre d'accents sur nos mots, les mains dans les poches. On savait qu'elle attendait cet enfant, elle l'avait dit, à quelqu'un, en refusant toujours de révéler le nom du père. Cela semblait acquis. Cependant je n'y crus jamais vraiment jusqu'au jour où, dans la rue, je croisai le père d'Andre — il était au volant d'une Spider rouge. Nous nous étions rencontrés au spectacle, mais juste le temps d'une présentation, curieusement il se souvenait de moi. Il se rangea le long du trottoir et s'arrêta à ma hauteur. C'étaient des jours où, lorsqu'on nous adressait la parole, qui que ce fût, nous redoutions le désastre, Luca et moi. Tu as vu Andre? me demanda-t-il. Je pensai qu'il voulait savoir si j'avais vu comme Andre était merveilleuse ce soir-là, sur scène — ou carrément, comme elle était merveilleuse en général, dans la vie. Alors je répondis Oui. Où ? La réponse qui me vint fut Partout. Cela sonnait un peu exagéré, à vrai dire. Aussi ajoutai-je De loin. Le père d'Andre fit oui de la tête, comme pour signifier qu'il était d'accord, et qu'il avait compris. Il jeta un regard autour de lui. Il pensait sans doute que j'étais un drôle de type. Porte-toi bien, dit-il. Et il repartit.

Quatre rues plus loin, au niveau d'un feu qui clignotait inutilement au soleil, la Spider rouge fut emboutie par une camionnette folle. Le choc fut terrible, et le père d'Andre y perdit la vie.

Alors je sus que cet enfant était bien là, parce que je décelai comme la quadrature d'un cercle — la rencontre de deux géométries. L'enchantement qui régnait sur cette famille, liant chaque naissance à une mort, avait rencontré le protocole de notre perception qui reliait chaque faute à un châtiment. Il en résultait de toute évidence une prison d'acier — j'entendis distinctement le claquement mécanique de la serrure.

Je n'en parlai pas à Luca — il avait commencé à sécher des cours, ne répondait pas au téléphone. Je devais aller le chercher pour le faire sortir de chez lui, parfois, et cela ne suffisait pas toujours. Tout était difficile, durant ces heures, la fatigue de continuer. Un matin je m'étais mis en tête de l'emmener au lycée, je passai donc chez lui, à sept heures et demie. Dans l'entrée je croisai son père, il avait déjà son chapeau sur la tête, sa serviette en main, il s'apprêtait à partir au bureau. Il se montra sérieux et peu bavard, je sentais que cette visite en dehors du cadre horaire habituel l'importunait au plus haut point, mais il l'acceptait, comme l'arrivée d'un médecin. Luca était dans sa chambre — il s'était habillé, mais demeurait couché sur son lit, refait. Je fermai la porte, j'avais sans doute l'intention d'élever la voix. Je mis ses livres dans son cartable — une sacoche militaire, nous en avons tous une, on les trouve dans certaines boutiques de fripes. Ne fais pas le con et lève-toi, dis-je.

Ensuite, en chemin vers le lycée, il tenta de se justifier, et moi je crus même avoir trouvé le moyen de le ramener à la raison, de dissiper sa peur. Cependant, à un moment donné, il parvint à exprimer ce qui le rongeait vraiment, avec l'exactitude des mots simples, puisés au fond de sa honte : *je ne peux pas faire ça à mon père*. Il était convaincu que cet homme en aurait été blessé à mort, et il ne se sentait pas prêt pour affronter cette horreur. Sincèrement, ce n'était pas une chose à laquelle je pouvais répondre. Nous sommes désarmés, en effet, devant cette tendance à penser que notre vie est, avant tout, un fragment conclusif de la vie de nos parents, confié uniquement à notre bon soin. Comme s'ils nous avaient chargés, dans un moment de faiblesse, de veiller un peu sur cet épilogue précieux pour eux — on attendait de nous qu'on le rende, tôt ou tard, intact. Après quoi ils le remettraient à sa place, pour fermer la boucle d'une vie accomplie, la leur. Mais à nos pères fatigués, qui nous avaient fait confiance, nous restituons le tranchant de débris acérés, des objets qui nous ont échappé des mains. Dans le sourd glissement d'un pareil échec, nous ne trouvons pas le temps de réfléchir, ni la lueur d'une rébellion. Rien que l'immobilité dense de la faute. Ainsi elle nous reviendra, notre vie, quand il sera trop tard.

Comme finalement Luca ne voulut pas entrer en cours, je le laissai seul face au vide de ces heures matinales. Moi, je préférais suivre scrupuleusement le cours des choses. Le lycée, les devoirs, les obligations. Cela m'aidait. Je n'avais pas beaucoup d'autres possibilités. D'habitude, dans ce genre de situation, je recours à la confession, et en second lieu à la pénitence. Toutefois ni l'une ni l'autre chose ne me venait de manière instinctive, j'étais convaincu que le privilège des sacrements ne m'appartenait plus, comme peut-être la consolation d'une pieuse rédemption. Je n'avais donc pas de remèdes — seule résistait, avec le respect des habitudes, mon inclination à prier. Cela me soulageait de le faire à genoux, pendant un temps infini, dans n'importe quelle église, à l'heure où l'on n'entend que le piétinement rare de petites vieilles, le claquement d'une porte, accidentel. Je restais avec Dieu, sans rien demander.

Après la mort du père d'Andre, vint le jour des funérailles — Luca et moi décidâmes d'y aller.

Bobby était là aussi, pas le Saint. Dans l'église bondée. Mais nous d'un côté, Bobby de l'autre, nous étions même habillés différemment désormais — il avait commencé à soigner son style, chose que nous ne faisons pas. La plupart des gens présents, nous les avions déjà vus, mais rarement aussi sérieux, mesurés. Lunettes noires et gestes brefs. Debout, pendant la messe, ignorant les paroles. Nous connaissons ce genre d'affectation, il ne reflète aucun sentiment religieux et se rapproche davantage de l'élégance, du besoin d'un rite. Il n'y a pas de résurrection dans les cœurs, rien. Au signe de la paix j'ai échangé une poignée de main avec Luca, et un regard. Nous seuls savions combien nous en avions besoin — de paix.

De loin nous l'avions bien regardée, Andre, évidemment, mais sous sa veste on ne voyait rien, la maigreur résolue et c'est tout. Nous n'avions pas assez d'éléments pour pouvoir en déduire quelque chose.

À la sortie de l'église, une accolade à Bobby, et puis nous étions décidés à aller saluer Andre, comme le voulait la politesse. Sans l'admettre, nous attendions quelque chose, la clarté d'un geste qu'elle saurait nous adresser. Les gens formaient une file, sur le parvis, nous attendîmes qu'Andre s'éloigne un peu de sa mère et de son frère, nous la regardions sourire, c'était la seule qui ne portait pas de lunettes noires, elle était magnifique. Nous nous approchâmes lentement, jusqu'à ce que vienne notre tour, sans la quitter des yeux — maintenant qu'il était là, d'un coup je me rappelais combien son corps m'avait manqué à chaque instant, après cette nuit. Je cherchai dans les yeux de Luca la même pensée, or il semblait juste préoccupé. Andre salua un couple de personnes âgées, puis ce fut à nous. D'abord Luca — ensuite je lui tendis la main, elle me la serra, Merci d'être venu, un sourire, un baiser sur la joue, rien d'autre. Peut-être deux trois secondes de plus, à hésiter, je ne suis pas sûr. Elle était déjà en train de remercier quelqu'un d'autre.

Andre.

Ce n'est pas le nôtre, dis-je à Luca, le dos tourné à l'église, en rentrant chez nous à pied. C'est impossible que ce soit le nôtre.

Elle nous l'aurait fait comprendre, pensais-je. Je pensais aussi qu'avec ce baiser sur la joue tout avait disparu, comme l'eau qui se referme, oubliant le caillou posé au fond. J'étais électrisé, on m'avait redonné ma vie. J'en fis part à Luca de façon un peu confuse, il m'écoutait. Mais il marchait la tête basse. Un doute me vint et je lui demandai si Andre lui avait dit quelque chose. Il ne répondit pas, inclinant juste un peu la tête d'un côté. Je ne comprenais pas ce qui se passait, je le pris par le bras, brusquement, Qu'est-ce qu'il y a, putain ? Ses yeux se remplirent de larmes, comme cette fois, en partant de chez moi. Il stoppa net, il tremblait. Retournons là-bas, dit-il.

Avec Andre ?

Oui.

Pour quoi faire ?

Il pleurait pour de bon, à présent. Il mit un peu de temps à retrouver son calme pour parler.

Je n'en peux plus, retourne avec moi là-bas, nous devons lui poser la question c'est tout, nous ne pouvons pas continuer comme ça, c'est stupide, je n'en peux plus.

Peut-être bien qu'il avait raison — mais pas là maintenant, avec tous ces gens, à un enterrement. Cela me gênait. Je le lui dis.

Tu sais je m'en fiche pas mal, de leur enterrement, lâcha-t-il.

Il semblait convaincu.

Je lui répondis que moi non, je n'y retournerais pas. Si tu tiens vraiment à y aller, vas-y tout seul.

Il fit oui de la tête.

Mais c'est une connerie, conclus-je.

Je partis. Au bout de quelques mètres je lançai un regard derrière moi, il était toujours là, immobile, passant le dos de sa main sur ses yeux.

De retour à la maison j'attendis un peu avant de commencer à téléphoner chez ses parents — à chaque fois ils me disaient qu'il n'était pas encore rentré. La chose ne me plaisait pas trop, et je finis par avoir de mauvaises pensées. Je me dis qu'il fallait que j'aille le chercher, peu à peu gagné par la certitude que je n'aurais pas dû le laisser là, tout seul, au milieu de la rue. Puis j'imaginai que je le trouvais avec Andre, quelque part : l'embarras des gestes, des mots à prononcer. Tout était compliqué. Il n'y avait pas moyen de se distraire, l'unique chose que j'arrivais à faire était de continuer à téléphoner chez lui, toujours en m'excusant platement. Au sixième appel, c'est lui qui décrocha.

Bon Dieu, Luca, ne me fais plus de coup pareil.

Qu'est-ce qui se passe ?

Rien. Tu y es allé ?

Il resta un moment silencieux. Puis il dit Non.

Non ?

Je ne peux pas t'expliquer maintenant, laisse tomber.

O.K. C'est mieux comme ça. Tout ira bien.

Je le pensais vraiment. Je lui racontai encore une ou deux conneries, me mis à parler des chaussures de Bobby, à l'enterrement. On avait du mal à croire qu'il se les était *vraiment* achetées. Et sa chemise ? dit Luca. On ne sait même pas les *repasser*, chez moi, des chemises comme celle-là.

Mais le soir, pendant le dîner, il se leva subite-
ment, pour aller mettre les assiettes dans l'évier,
et au lieu de retourner s'asseoir devant ce plan
de travail, face au mur, il sortit sur le balcon. Il
s'appuya contre la rambarde, où si souvent il
avait vu son père — de dos par contre, les yeux
tournés vers la cuisine. Pour regarder peut-être
encore une fois chaque chose. Puis il se laissa
tomber en arrière, dans le vide.

Dans l'Évangile de Jean, et seulement dans
celui-ci, est narré l'épisode ambigu de la mort de
Lazare. Alors qu'il est loin, en train de prêcher,
Jésus apprend qu'un de ses amis, à Béthanie, est
tombé gravement malade. Deux jours passent,
et à l'aube du troisième Jésus dit à ses disciples
de se préparer pour retourner en Judée. Ils lui
demandent pourquoi et Jésus répond : Notre
ami Lazare s'est endormi, allons le réveiller.
Ainsi il se met en route et, arrivé aux portes de
Béthanie, il voit une sœur de Lazare, Marthe,
courir à sa rencontre. Une fois devant lui, la
femme dit : Seigneur, si tu avais été ici, mon frère
ne serait pas mort. Un peu après dans la ville,
Jésus croise l'autre sœur de Lazare, Marie, qui
lui dit : Seigneur, si tu avais été ici, mon frère ne
serait pas mort.

J'étais le seul à savoir pourquoi. Pour les autres la mort de Luca fut un mystère — la conséquence douteuse de causes pas très claires. Naturellement les gens avaient connaissance, sans vraiment oser en parler, de l'ombre longue du mal qui régnait dans cette famille — le père. Mais même là-dessus, ils n'étaient pas disposés à admettre grand-chose, comme si ce n'était pas essentiel. La jeunesse semblait plutôt être la racine du mal — une jeunesse qu'on n'arrivait plus à suivre.

Ils me cherchaient, pour savoir. Cela ne serait pas tout à fait un interrogatoire — ils voulaient juste savoir s'il y avait des choses cachées, non dites. Des secrets. Ils n'étaient pas loin de la vérité, mais ils durent se passer de mon aide — pendant plusieurs jours je ne vis personne. Une rudesse que je ne me connaissais pas, voire un certain mépris — voilà comment je réagis. Cela préoccupait mes parents, troublait les adultes autour, les prêtres. Je n'allai pas à l'enterrement, il n'y avait pas de résurrection dans mon cœur.

Bobby se manifesta. Le Saint écrivit une lettre. Je n'ouvris pas la lettre. Je refusai de voir Bobby.

Je tentais d'effacer une image dans mon esprit, Luca avec ses cheveux collés sur le front, dans le lit d'Andre, seulement elle ne me quittait pas, ni ne me quitterait, c'est le souvenir que j'ai de lui, pour toujours. Nous étions dans le même amour, à cet instant — nous n'avons rien fait d'autre, pendant des années. Sa beauté, ses pleurs, ma force, ses pas, mes prières — nous étions dans le même amour. Sa musique, mes livres, mes retards, ses après-midi solitaires — nous étions dans le même amour. Le vent sur nos visages, le froid dans nos mains, ses oublis, mes certitudes, le corps d'Andre — nous étions dans le même amour. Ainsi nous sommes en quelque sorte morts ensemble — et tant que je ne mourrai pas pour de bon, ensemble nous vivrons.

Cela inquiétait surtout les grands, cette distance, cet évitement — entre moi, Bobby et le Saint. Ils auraient préféré nous voir soudés pour encaisser le choc — ils nous voyaient divisés. Ils lisaient dans cette division une blessure ancienne, ou plus profonde qu'ils ne voulaient l'imaginer. Mais c'était comme un vol d'oiseaux après un coup de feu, la dispersion générale, en attendant le moment de reformer leur V — ou simplement ces petites taches sombres alignées sur un fil. Nous nous frôlâmes une fois ou deux à peine. Nous seuls savions combien de temps devait s'écouler — combien de silence.

Un jour cependant vint me chercher cette fille, qui avait été ma petite amie, et je la suivis. Cela faisait un bout de temps qu'on ne s'était pas vus, tout semblait étrange. Elle conduisait à présent, au volant d'une voiture petite et vieille que ses parents lui avaient offerte pour ses dix-huit ans. Elle en était fière, et voulait que je la voie. Elle était bien habillée, mais pas comme si elle avait voulu reprendre notre histoire, ou quelque chose dans ce goût-là. Cheveux attachés, chaussures basses, normales. Je la suivis — c'était beau de voir les gestes de la conduite exécutés par elle, encore précis, comme répondant à des consignes, et en même temps des airs de femme semblaient s'être glissés dans la jeune fille que je connaissais. Ce fut sans doute cela. Mais aussi le fait de savoir qu'elle était extérieure, et que par conséquent lui raconter reviendrait à dessiner sur une feuille blanche. Alors je le fis. C'était la première personne au monde à qui je racontais toute l'histoire — Andre, Luca et moi. Elle conduisait, je parlais. Ce n'était pas toujours facile de trouver les mots, elle attendait et je me lançais, pour finir. Elle avait les yeux rivés sur le pare-brise et, au besoin, sur le rétroviseur, jamais sur moi — les deux mains agrippées au volant, le dos pas tout à fait calé contre le dossier. À un moment donné les lampadaires de la ville s'allumèrent.

Elle me regarda seulement à la fin, quand elle s'arrêta en bas de chez moi, garée face au trottoir, un peu loin de la bordure — mon père ne supportait pas ça. Tu es fou, dit-elle. Cela ne se rapportait pas à ce que j'avais fait, mais à ce que j'aurais dû faire. Va voir Andre, dit-elle, maintenant, tout de suite, arrête d'avoir peur. Comment fais-tu pour vivre sans connaître la vérité ?

En réalité nous savons très bien comment vivre sans connaître la vérité, tous les jours, mais il faut admettre que sur ce point elle avait raison, et je le lui dis, ainsi je fus contraint de lui raconter une chose que j'avais gardée pour moi — cela me coûtait de la raconter. Je lui dis que justement j'avais essayé, d'aller voir Andre, il se trouve qu'à un moment donné j'avais moi aussi pensé que je devais y aller, et j'avais essayé. Quelques jours après la mort de Luca, plus par ressentiment que pour savoir — par vengeance. J'étais sorti de chez moi un soir où je n'en pouvais plus, poussé par une méchanceté inconnue, et m'étais dirigé vers le bar où j'avais de bonnes chances de la trouver, à cette heure-ci, entourée de sa bande. J'aurais dû mieux préparer mon coup, seulement à cet instant j'avais l'impression que j'allais mourir si je ne la voyais pas, si je ne lui parlais pas — où qu'elle fût je l'aurais rejointe, c'était comme ça. Je l'aurais *affrontée*, ce mot me vint à l'esprit. Sauf qu'en arrivant sur l'avenue, qu'il suffisait de traverser pour trouver le bar, avec tout le monde dehors, son verre à la main, de loin je vis ses amis, élégants dans leur gaieté teintée d'ennui, et parmi eux, quoiqu'un peu à l'écart, mais en même temps bel et bien parmi eux, il y avait le Saint. Appuyé contre un mur, lui aussi son verre à la main. Taciturne, isolé, les gens passaient devant lui et ils échangeaient quelques boutades, quelques sourires. Telles les bêtes d'un même troupeau. Au bout d'un moment une fille s'arrêta pour lui parler et, tout en discutant, d'une main elle lui tirait les cheveux en arrière — il la laissait faire.

Je ne regardai même pas si Andre était là, quelque part. Je tournai les talons et m'en allai prestement — j'étais juste terrorisé à l'idée qu'on me voie, rien d'autre ne m'importait. Quand j'arrivai à la maison, j'étais quelqu'un qui avait abdiqué.

Je ne sais pas pourquoi, mais j'ai vu le Saint là-bas, et alors plus rien ne m'importait, lui ai-je dit.

Elle a fait oui de la tête, avant de lancer J'y vais, en redémarrant la voiture. Elle voulait dire qu'elle irait elle, chez Andre, et que ce n'était pas la peine de discuter. Je descendis un peu bafouillant, et la vis repartir, avec le clignotant du bon côté, et tout — courtoisement.

Comme je ne fis rien pour l'en empêcher, elle revint le lendemain, et elle avait parlé avec Andre.

Elle dit qu'elle était déjà enceinte quand elle a fait l'amour avec vous.

À voix basse, de nouveau assis l'un à côté de l'autre, dans sa petite voiture. Mais cette fois sous les arbres, derrière chez moi.

Je pensai que Luca était mort pour rien.

Je pensai aussi à l'enfant, au ventre d'Andre,

à mon sexe en elle, et tout ça. Aux mysté-
rieuses proximités dont nous sommes capables,
hommes et femmes.

Et enfin je me rappelai que tout était fini et
que je n'étais plus un père.

Alors je fis une chose que je ne fais jamais
— je ne pleure pas d'habitude, je ne sais pas
pourquoi.

Elle me laissa tranquille sans faire un geste,
ni dire un mot, elle jouait avec le levier de com-
mande des feux de route, doucement.

Pour finir je lui demandai si Andre avait dit
quelque chose sur Luca — si ça lui avait au
moins traversé l'esprit qu'elle n'y était pas pour
rien dans cette chute.

Elle s'est mise à rire, dit-elle.

À rire ?

Si c'était ça, son problème, il serait venu
m'en parler, elle a dit.

Je réalisai qu'Andre ignorait tout de Luca, et
qu'elle n'avait rien appris sur nous.

Cependant Andre a raison, répliqua mon
amie, Luca ne s'est sûrement pas tué à cause
de ça, il n'y a que toi qui peux croire une chose
pareille.

Pourquoi ?

Parce que tu es aveugle.

C'est-à-dire ?

Elle secoua la tête — elle n'avait pas envie
d'en parler.

Je m'approchai d'elle et tentai de l'embrasser. Elle posa une main sur mon épaule, me maintenant à distance.

Juste un baiser, je lui dis.

D'accord.

Alors je décidai de recommencer. Je remontai le fil de ma mémoire en quête du dernier moment de stabilité avant que tout s'embrouille — l'idée était de repartir de là. J'avais à l'esprit la foulée du paysan qui retourne aux champs, après la tempête. Il s'agissait seulement de trouver l'endroit où les semailles avaient été interrompues, aux premiers grêlons.

Je raisonnais ainsi car, dans les moments de confusion, nous recourons en général à l'imaginaire paysan — et ce bien que personne, dans nos familles, n'ait jamais travaillé la terre, de mémoire d'homme. Nos ancêtres sont des artisans et des marchands, des prêtres et des fonctionnaires, pourtant nous avons hérité de la sagesse des champs, et nous nous la sommes appropriée. Nous croyons donc au rite fondateur de l'ensemencement, et vivons confiants dans la cyclicité universelle, bien résumée par la ronde des saisons. À travers l'image de la charrue nous avons découvert le sens ultime de toute forme de violence, et les paysans nous ont donné l'exemple de la patience. Aveuglément, nous croyons à l'équation entre labeur et récolte. C'est une sorte de vocabulaire symbolique — il nous est transmis de façon mystérieuse.

Ainsi projetai-je de recommencer, car nous n'avons pas d'autre instinct, face aux tempêtes du destin — le pas sot et cabochard du paysan.

Quelque part je devais me remettre à travailler la terre, et finalement je choisis les larves, là-bas à l'hôpital. C'était la dernière chose stable dont je me souvenais — nous quatre avec les larves. Entrant dans cet hôpital, et en sortant. Je n'y avais pas mis les pieds depuis un bon bout de temps. Tu peux être sûr que là-bas, tu retrouveras toujours tout comme tu l'as laissé, peu importe ce qui t'est arrivé pendant ton absence. Les visages et les corps sont peut-être différents — mais la souffrance et l'oubli sont les mêmes. Les sœurs ne posent pas de questions et, à chaque visite, t'accueillent comme un cadeau. Elles passent à côté de toi, affairées, et alors on entonne ensemble un refrain qui nous est cher — Le Christ soit loué, Loué pour l'éternité.

Au début tout me sembla un peu difficile — les gestes, les mots. On me racontait qui s'en était allé, je serrais la main des nouveaux. Le travail n'avait pas changé, les poches pleines d'urine. Un des vieux me vit, à un moment donné, il se souvenait de moi et se mit à brailler de toute sa voix, il voulait savoir où diable nous étions passés, moi et les autres. On ne vous voit plus, me dit-il quand je fus près de lui. Il se plaignait.

Je traînai une chaise jusqu'à son chevet et m'assis. La bouffe est dégueulasse, résuma-t-il. Il me demanda si j'avais apporté quelque chose. De temps en temps nous faisions passer quelques victuailles — le premier raisin, du chocolat. Même des cigarettes, mais ça c'était le Saint, nous, nous n'osions pas. Les sœurs savaient.

Je lui dis que je n'avais rien pour lui. Ce sont des jours un peu compliqués, pas mal de choses sont allées de travers, m'expliquai-je.

Il me regarda étonné. Depuis longtemps ces gens-là ont cessé de croire que la vie peut aller de travers pour les autres aussi.

Qu'est-ce que tu me chantes là?

Rien.

Ah, je préfère ça.

Il était pompiste, dans sa jeunesse, quand tout allait bien. Il avait également été président d'une petite équipe de foot dans son quartier, pendant un temps. Il se rappelait un trois à deux avec renversement du score, et une coupe gagnée aux penaltys. Après il y avait eu des dissensions.

Il me demanda où était passé le garçon aux cheveux roux. Il me faisait rire, lui, dit-il.

Il parlait de Bobby.

Il ne vient plus? m'informai-je.

Ce gars-là? Disparu. C'était le seul qui me faisait rire.

En effet Bobby sait s'y prendre avec eux, il les charrie en permanence, ça les met de bonne humeur. Pour retirer le cathéter c'est un désastre, mais cela ne semble pas avoir d'importance. Si un des vieux pisse le sang, ça lui plaît qu'un gamin fixe son petit oiseau, émerveillé, et qu'il lui dise Mon Dieu, vous ne voulez pas prendre ma place?

Il ne nous a même pas salués, dit le vieux, il est parti et, le lâche, il n'a plus remis les pieds ici. Où est-ce que vous l'avez caché? Il en avait après Bobby.

Il ne peut pas venir, dis-je.

Ah non?

Non. Il a des problèmes.

Il me regarda comme si c'était ma faute.

De quel ordre?

J'étais assis là, sur cette chaise en fer, penché vers lui, les coudes appuyés sur les genoux.

Il se drogue, lâchai-je.

Qu'est-ce que c'est que ces conneries?

La drogue. Vous savez ce que c'est?

Bien sûr que je le sais.

Bobby se drogue, c'est pour ça qu'il ne vient plus.

Si je lui avais dit qu'il devait se lever et s'en aller immédiatement en embarquant toutes ses affaires, y compris sa poche pleine de pisse, il aurait fait la même tête.

Mais qu'est-ce que c'est que ces conneries? répéta-t-il.

La vérité, dis-je. Il ne peut pas venir parce que en ce moment il est quelque part en train de faire fondre une poudre brune dans une cuillère chauffée à la flamme d'un briquet. Ensuite il aspire le liquide dans une seringue et serre un garrot hémostatique autour de son avant-bras. Il introduit l'aiguille dans sa veine et injecte le liquide.

Le vieux me regardait. Je lui montrais la veine, dans le creux de son bras.

Tandis qu'il jette la seringue, la drogue se diffuse dans le sang. Quand elle arrive au cerveau Bobby sent ce maudit nœud se défaire, et d'autres choses que j'ignore. L'effet dure un peu. Si tu le croises dans ces moments-là, il parle comme un ivrogne et peine à te comprendre. Il dit des mots qu'il ne pense pas.

Le vieux acquiesça.

Au bout de quelques heures l'effet s'en va, lentement. Alors Bobby se dit qu'il doit arrêter. Mais après quelques heures son corps réclame à nouveau cette substance, alors il cherche l'argent pour en racheter. S'il ne le trouve pas il commence à se sentir mal. Aussi mal que vous, dans ce lit, vous n'imaginez pas. Voilà pourquoi il ne peut pas venir ici. Il arrive difficilement à aller en cours. Je ne le vois que quand il a besoin d'argent. Donc ne vous attendez pas à le voir débarquer, il faut vous faire une raison, pas de rigolades pendant quelque temps. Vous me comprenez?

Il opina du bonnet. Il avait une de ces têtes bizarres, auxquelles il semble manquer quelque chose. Comme chez ceux qui se rasent la moustache sur un pari.

On la vide, cette poche ? dis-je, en tirant la couverture au pied du lit. Je me penchai au-dessus du petit tube habituel. Il se mit à bougonner.

Mais quelle engeance êtes-vous ? lâcha-t-il entre ses dents.

Je retirai le petit tube du plus grand, avec précaution.

Vous vous droguez, vous venez ici jouer les braves et après vous vous droguez, putain.

Il marmonnait, mais petit à petit le ton de sa voix montait.

Mince, tu peux me dire pour qui vous vous prenez ?

J'avais décroché la poche du lit. La pisse était foncée, du sang s'était déposé au fond.

Je te parle, pour qui vous prenez-vous, bon Dieu ?

Je restais debout, avec cette poche dans les mains.

Nous avons dix-huit ans, dis-je, et nous sommes tout.

Pendant que j'étais dans la salle d'eau, pour vider la poche dans les toilettes, je l'entendais brailler, Mais qu'est-ce que c'est que ces conneries ? Vous êtes des drogués, voilà ce que vous êtes, vous venez ici jouer les braves garçons mais vous n'êtes que des drogués ! Il criait que nous

139

pouvions rentrer chez nous, qu'on n'en voulait pas, des drogués, dans cet établissement. Il l'avait pris comme un affront personnel.

Mais avant de finir et de m'en aller, je passai voir un nouveau, tout petit, qui semblait s'être retranché à l'intérieur de son corps, dans un endroit où il se sentait sûrement en sécurité. Lorsque j'eus tout remis en place, la poche vidée et rincée accrochée au bord du lit, je passai une main dans ses cheveux, qui étaient blancs et clairsemés — les derniers. Il se redressa un peu, ouvrit le tiroir de sa table de chevet métallique, et sortit d'un portefeuille luisant cinq cents lires. Tiens, tu es un brave garçon. Je ne voulais pas les prendre, mais il insistait. Tiens, fais-toi un beau cadeau. Pour moi c'était hors de question, de les prendre, puis il me vint l'image de cet homme faisant le même geste avec un petit-fils, un fils, je ne sais pas, un gamin, je me dis que c'était un geste qu'il avait dû faire plein de fois, pour une personne chère. Qui que ce soit, cette personne n'était pas là. Il n'y avait que moi, là.

Merci, lançai-je.

Puis, une fois dehors, j'essayai de voir si cette sensation de stabilité que j'éprouvais toujours, en descendant les marches de l'hôpital, revenait ; mais je n'eus pas le temps de voir grand-chose, car au pied de l'escalier je vis le père de Luca, debout, élégant — c'était moi qu'il attendait.

Je suis passé chez toi, dit-il, et on m'a expliqué que tu étais ici.

Il me tendit la main, je la lui serrai.

Il me demanda si je voulais bien faire un tour avec lui.

Moi poussant ma bicyclette, lui sa serviette à la main. Nous marchions. J'avais depuis long-temps ce nœud dans la gorge aussi, très vite, je lui dis que je regrettais de ne pas être venu à l'enterrement de Luca. Il fit un geste en l'air, comme pour chasser quelque chose. Il répondit que j'avais bien fait, et que pour lui cela avait été une véritable torture d'y aller — il ne sup-portait pas en effet quand les gens «exhibent leurs propres émotions». Ils voulaient que je dise un mot, ajouta-t-il, mais je m'y suis refusé. Que pouvais-je dire? Puis, après un moment de silence il me raconta que le Saint y était allé en revanche, dire un mot, il était allé au micro et avec une quiétude sans faille il avait parlé de Luca, et de nous. Ses paroles précises, le père de Luca ne s'en souvenait pas car, me confia-t-il, il ne voulait pas s'émouvoir là, devant tout le monde, et par conséquent il s'était concentré sur d'autres pensées, en s'efforçant de ne pas écou-ter. Cependant il se souvenait que le Saint était magnifique, là, au micro, sage et solennel. À la fin il avait dit que toutes les morts, Luca les avait emportées avec lui, et que maintenant il ne nous restait que le pur don de vivre, dans la lumière éblouissante de la foi. Toutes les morts et toutes les peurs, précisa le père de Luca, ce furent ses mots si j'ai bonne mémoire, toutes les morts et toutes les peurs Luca les a emportées avec lui. Cette phrase, il l'avait écoutée, et il s'en souvenait bien.

Drôle de garçon, argua-t-il.

Je ne dis rien, je repensais à ce dîner chez lui, à l'histoire de la prière à table.

Pendant un moment nous continuâmes à marcher en silence, ou sans rien dire de spécial. Il allait falloir, naturellement, affronter la question des motivations de Luca, et nous tournions un peu autour du pot. Finalement il alla droit au but — il m'interrogea sur Andre.

C'est une fille spéciale, pas vrai ?

Oui, c'est ça.

Elle est venue à l'enterrement, elle a été gentille. À la sortie de l'église, Bobby était là, assis sur une marche, il pleurait. Elle s'est approchée, l'a pris par la main, l'a fait se lever, et l'a emmené avec elle. Cela m'a touché car elle marchait droite, et elle marchait aussi pour lui. Je ne sais pas. On aurait dit une reine.

C'en est une ? me demanda-t-il.

Je souris. Oui, c'est une reine.

Il me dit que c'était un terme qu'ils utilisaient, quand ils étaient jeunes. Il y avait des filles qui étaient des reines.

Puis il me demanda ce qu'il y avait entre elle et Luca.

Ce qu'il savait, lui, c'était que Luca l'aimait. Non que ce dernier en parlât, à la maison, mais il l'avait deviné à certains signes — et puis aux bavardages des autres, après. Il savait aussi qu'Andre attendait un enfant. Il avait entendu tellement d'histoires, ces dernières semaines, dont une qui insinuait que cet enfant avait quelque chose à voir avec Luca. Seulement il aurait été bien en peine de dire en quel sens. Il se demandait si je ne pouvais pas l'aider à comprendre.

Il ne s'est pas tué à cause de ça, avançai-je.

Ce n'était pas tout à fait ce que je pensais, mais c'était ce que lui devait penser. Le reste, il lui faudrait l'élucider tout seul.

Il attendait. Il insista encore pour savoir si cet enfant pouvait être de Luca, cette affaire le tourmentait.

Non, dis-je. Ce n'est pas le sien.

En réalité j'aurais aimé le tenir un peu sur le gril, mais je le fis pour Luca, je le lui devais, il ne ferait pas ça à son père, c'était clair et définitif.

Donc je dis que non, ce n'était pas le sien.

Voici la réponse qu'il était venu chercher auprès de moi. Quelque chose se dénoua en lui, alors, et durant tout le reste du chemin ce fut un autre homme, un homme que je n'avais jamais vu. Il se mit à me parler du temps où lui et sa femme étaient jeunes. Il tenait à me faire comprendre qu'ils avaient été heureux. Personne ne voulait qu'ils se marient, dans leurs familles, mais ils l'avaient désiré avec force, et même lorsque brièvement ils firent mine d'y renoncer, lui avait toujours su qu'ils y arriveraient, et il en fut ainsi. Nous avions tous les deux des familles horribles, dit-il, et les seuls moments agréables étaient ceux que nous passions ensemble. Il ajouta qu'il y avait un tas d'interdits, à l'époque, mais leur désir d'y échapper était tel que très vite ils avaient commencé à faire l'amour dès qu'ils le pouvaient, à l'insu de tout le monde. Sa beauté me sauvait, une beauté sobre, comme celle de Luca. Alors il dut s'apercevoir que ce genre de confidences me mettait mal à l'aise — il s'interrompit. La vie sexuelle de nos parents est une des rares choses dont nous préférons ne rien savoir. Nous nous plaisons à croire qu'elle n'existe pas, et qu'elle n'a jamais existé. Nous ne saurions sincèrement pas où la mettre, dans l'idée que nous nous sommes faite d'eux. Du coup il passa aux premiers temps de leur mariage, et à leurs parties de rigolade, ces années-là. Je ne l'écoutais plus vraiment. En général ce sont toujours les mêmes histoires, tous nos parents, jeunes, ont été heureux. J'espérais plutôt entendre quand tout cela s'était effrité, et où avait commencé la détresse contenue que nous connaissions. J'aurais bien voulu savoir pourquoi à un moment donné ils étaient *tombés malades*. Je n'en parlai pas toutefois. Ou peut-être que si, mais de façon peu claire. Je tendis à nouveau l'oreille quand, d'un ton presque sympathique, il me dit que sa femme avait considérablement changé, depuis la mort de Luca, c'était évident qu'elle le tenait pour responsable, de ce revers, elle ne le lui avait pas pardonné. Elle me le fait payer cher. Parfois je rentre à la maison et elle n'a même pas préparé le dîner. Je commence à m'habituer aux boîtes de conserve. Aux plats surgelés. La soupe de légumes surgelée, ça, c'est pas trop mal, dit-il. Tu devrais essayer. Il jouait au type sympa.

À un moment donné il s'arrêta, leva un genou et y posa sa serviette, pour l'ouvrir. Je t'ai apporté ça. Il sortit de sa sacoche des feuilles de papier. Je crois que ce sont des chansons, écrites par Luca, nous les avons trouvées dans ses affaires. Je suis sûr qu'il aurait voulu te les donner.

C'était bel et bien des chansons. Ou des poèmes, mais plus probablement des chansons, parce que à côté du texte il y avait des accords, çà et là. Seulement la mélodie, Luca l'avait emportée avec lui pour toujours.

Merci, dis-je.

De quoi ?

Arrivés au pied de chez moi, il ne nous restait plus qu'à nous saluer. Sauf que j'avais l'étrange impression que nous ne nous étions rien dit. Alors, avant de chercher une formule d'adieu, je lui demandai si je pouvais lui poser une question.

Bien sûr, répondit-il. À cet instant il était si sûr de lui.

Une fois Luca m'a dit que pendant le repas, le soir à la maison, vous vous leviez de temps en temps, et alliez sur le balcon. Il m'a dit que vous restiez là, accoudé à la rambarde, à regarder en bas. C'est vrai ?

Il me fixa, un peu étonné.

Peut-être, dit-il. Oui, c'est possible.

Pendant le repas, répétai-je.

Il continuait à me fixer, étonné. Oui, cela a dû probablement arriver. Pourquoi ?

Parce que j'aimerais savoir si quand vous êtes là, à regarder en bas, il ne vous vient jamais à l'esprit de sauter. De vous tuer de cette manière, je veux dire.

C'était incroyable, mais il me sourit. En ouvrant grands les bras. Il eut du mal à trouver ses mots.

C'est juste que cela m'apaise de regarder les choses d'en haut, expliqua-t-il, je le faisais toujours quand j'étais petit. Nous habitions au troisième étage, et je restais des heures à la fenêtre pour voir les voitures passer, s'arrêter au feu, puis repartir. Je ne sais pas pourquoi. C'est un truc qui me plaît. Un truc de gamin.

Il le dit avec une voix sympathique, et je vis même sur son visage une expression que je n'avais jamais vue, une expression de l'enfant qu'il avait été, des années plus tôt.

Comment une chose pareille a pu te venir en tête ? me demanda-t-il, avec douceur — lui, avec douceur.

Cela ne fait rien, répondis-je. Je pensais que s'il existait une vérité, dans cette histoire, même lui ne la connaissait plus. Je pensais que nous n'avons aucune possibilité de comprendre quoi que ce soit, à rien, à aucun moment. Qu'il s'agisse de nos parents, de nos enfants — de tout peut-être.

Quand nous nous saluâmes, il me prit dans ses bras, sa serviette battit contre mon dos. Je restais tout rigide, dans cette étreinte. Alors il fit un pas en arrière et me tendit la main.

J'avais beau en imiter les gestes, du paysan il me manquait la sagesse — l'œil avisé qui comprend le ciel, et mesure sa colère.

Passé un temps dont je ne me souviens pas, apparut dans les journaux la nouvelle que le corps d'un travesti avait été trouvé à l'aube, en dehors de la ville, enterré à la va-vite, sur la grève d'un fleuve. L'homme avait été tué d'un coup de revolver dans la nuque. Sa mort semblait remonter à quarante-huit heures. Le travesti avait un nom et un prénom, mentionnés dans l'article. Mais on disait aussi qu'il se faisait appeler Sylvie. En référence à Sylvie Vartan.

La nouvelle me toucha, car nous le connaissions.

Difficile de dire quand — mais il nous est arrivé de papillonner autour des putains, la nuit, légers sur nos bicyclettes. Au début elles nous surprenaient, irrésistibles, sur le chemin de la maison ; nous revenions de l'oratoire, ou sortions d'une réunion. Et ensuite nous avons commencé à rentrer plus tard, attendant l'heure où elles apparaissent, aux coins des rues. Ou nous faisons marche arrière, et revenons jusqu'à ce qu'elles sortent, de nulle part — une fois éteinte la vie de la ville. Nous sommes incapables de dire ce qui nous plaît là-dedans, étant bien entendu que jamais il ne nous viendrait à l'idée de les payer — aucun de nous n'a assez d'argent pour le faire. Ainsi ce n'est pas la curiosité d'aller avec elles qui nous pousse — ce qui nous plaît c'est de mouliner jusqu'à quelques mètres d'elles puis, debout sur les pédales, de les frôler avec l'élan gagné, bien haut sur nos jambes et légers dans le bourdonnement de la roue libre. Nous agissons sans la moindre prudence, convaincus d'être invisibles — nous sommes dans un monde parallèle auquel nous ne faisons pas attention nous-mêmes. Parfois nous nous retrouvons dans la journée devant ces coins de rue, et pour un peu on ne les reconnaîtrait pas. C'est une autre ville, notre ville nocturne.

Nous passons sous leur nez, donc, et souvent en fin de compte nous ne nous retournons même pas pour les regarder. Mais il y a de fortes chances pour qu'on fasse le chemin inverse, ensuite, alors depuis l'autre bout de la rue, d'un peu plus loin nous les regardons — les bottes, les cuisses, ces seins.

Elles nous laissent faire. Nous sommes comme des papillons de nuit. Nous surgissons par intermittence.

Seulement un jour Bobby s'est arrêté juste devant l'une d'elles, posant un pied à terre. Tu veux bien m'embrasser? a-t-il demandé avec son air insolent. Elle s'est mise à rire. Elle avait l'âge de nos mères, et une tout autre allure. Dès lors, nous avons commencé à nous montrer plus audacieux. Pas Luca et moi, qui suivons. Mais Bobby. Et le Saint, à sa manière — comme s'il avait ce projet depuis longtemps. On reste là à discuter, brièvement toutefois, pour ne pas éloigner les clients. Nous nous sommes inventé de nouveaux défis comme d'apporter une bière, certains soirs, à celles que nous trouvons les plus gentilles. Ou des petits gâteaux. À deux en particulier, qui tapinent au même croisement, sur une avenue peu éclairée. Elles nous ont pris en sympathie. C'est chez elles que nous avons fini la première fois. Mais chez d'autres, après. Sans doute qu'elles en ont marre, les nuits sans travail, alors elles nous disent de monter avec elles. Dans leurs petits appartements sans nom sur la porte. Il y a souvent des lampes incroyables — la radio allumée en permanence, même avant d'entrer, alors qu'elles mettent la clé dans la serrure. On monte à pied parce que s'ils nous croisent

dans l'ascenseur, les copropriétaires n'appré-
cient pas — dans les escaliers et ensuite sur le
palier il se passe un long moment qui est le seul
où la peur nous prend d'être découverts. C'est
peut-être pour cette raison qu'elles cherchent
souvent pendant un temps infini les clés dans
leur sac à main, ça les amuse. Les escaliers, elles
les montent après avoir enlevé leurs escarpins ou
leurs bottes à talons, pour ne pas faire de bruit.

Ainsi nous avons commencé comme des papillons, et finalement cela a pris de l'importance.
C'est ancré en chacun de nous, et nous avons
peur d'imaginer à quelle profondeur — tandis
que sous les yeux de tous nous reprenons l'édification du Règne, dans la discipline et la pureté.
Nous sommes conscients de la rupture, entre
notre façon de vivre et nos putains, une rupture secrète. Personne n'en sait rien et nous ne
l'évoquons même pas à confesse. Nous n'aurions
pas les mots pour la nommer. Il se peut que la
journée elle nous anime d'un reflet de honte
et de dégoût, lisible à travers une certaine tristesse que nous portons — tels des vases impar-
faits conscients d'une fêlure cachée. Mais nous
n'en sommes même pas sûrs, tant la séparation
semble nette entre notre vie et ces aventures noc-
turnes, qu'aucun de nous ne croit vivre *réellement*.
Sauf peut-être le Saint, qui en effet reste dans ces
appartements quand nous partons — nous ne
voulons pas rentrer à des heures de la nuit que
nous ne saurions justifier. Une précaution que

lui a cessé de prendre, jusqu'à rester dehors des nuits entières. Plusieurs jours, parfois. Dans son cas cependant, c'est quelque chose de différent, le souffle d'une vocation que nous n'avons pas, nous en restons au jeu. Quand pour lui c'est le tracé du chemin qui file au-devant des démons.

Sylvie, nous l'avons connue de cette manière. Nous ne sommes pas très à l'aise sur la question des travestis, c'est une déviance que nous ne comprenons pas, toutefois nous avons découvert qu'une joie particulière les habite, un désespoir aussi, qui rend tout plus simple — il en résulte une proximité improbable. Nous avons en commun cet espoir enfantin d'une terre promise, et partageons la volonté de la chercher sans aucune retenue. Ainsi dans leur corps ils écrivent qu'ils sont tout — la même chose qu'on peut lire dans nos âmes. En outre ils dégagent une force étrange, qui repose sur le rien, et en cela similaire à la nôtre. Ils l'expriment à travers une beauté insolente, et sous la forme d'une lumière, qu'on perçoit clairement quand on arrive à bicyclette au coin de leur rue la nuit où ils ne sont pas là ; alors les voitures passent à distance, sans histoire, et le feu scande un temps sans passion — les vitrines des boutiques aveugles, reflétant l'obscurité. Sylvie le savait, et c'était sa vie, qu'elle nous racontait, après avoir ôté ses talons aiguilles et mis le café à chauffer. Le jour elle n'existait pas. Je n'ai jamais caressé le sexe d'un homme, mais le sien si, tandis qu'elle me disait comment m'y prendre, et avec Bobby qui riait. Sans savoir dans quelle mesure je pouvais serrer, jusqu'à ce qu'elle dise que vraiment je n'étais pas doué, en se levant du canapé et en remontant sa petite culotte en dentelle, avant de rouler des hanches en direction de la cuisine. Elle avait des clients importants, et avec ses économies elle ferait venir son frère, du Sud — c'était son rêve le plus cher. Après elle en avait plein d'autres, chaque fois différents, qu'elle nous confiait — ses terres promises. Allez viens là, disait-elle. De sa voix rauque.

On trouva un véhicule, quelques kilomètres en amont, à l'endroit où le fleuve s'élargissait. Souillé du sang de la victime. Quelqu'un avait tenté de le pousser dans l'eau, puis avait abandonné. On remonta jusqu'au propriétaire, qui dit qu'on le lui avait volé. C'était un jeune homme de bonne famille, un type qu'on avait vu souvent sortir avec Andre et sa bande. Il répéta qu'on lui avait volé sa voiture, puis il finit par craquer et la vérité commença à lui revenir, peu à peu. Il raconta qu'ils étaient trois, lui et deux de ses amis, et qu'ils avaient embarqué Sylvie pour l'emmener à une fête. C'est lui qui conduisait, il s'était arrêté devant elle, au croisement habituel, et lui avait demandé si elle voulait venir s'amuser avec eux. Elle ne s'était pas méfiée, elle les connaissait. Ainsi elle avait pris place sur le siège avant, et ils étaient partis tous ensemble. Ils n'étaient pas drogués, ils n'avaient pas bu non plus. Ils riaient, ils étaient contents. Ses deux amis assis à l'arrière avaient à un moment donné sorti un revolver, et cela avait agité un peu tout le monde. Ils l'avaient fait tourner, Sylvie aussi l'avait eu en main — elle le tenait entre deux doigts en prenant un air dégoûté. Finalement le revolver était repassé à l'arrière, ses deux amis faisaient semblant de tirer sur les gens, à travers la vitre. Je lus leur nom dans le journal, sans émotion, et en premier apparaissait celui du Saint. La seule chose à laquelle je pensai, bizarrement, c'était la façon dont il était écrit, si petit au milieu de tous ces mots, un parmi tant d'autres, et c'était son nom. Au lycée déjà, quand on l'appelait par son vrai nom, et son prénom, j'avais à chaque fois l'impression de le voir tout nu, humilié même, parce que pour nous au contraire c'était le Saint, nous le savions bien. Là sur le journal, en fin de compte, il était nu, dans une liste de noms quelconques — déjà prisonnier. Le garçon assis à côté de lui, à l'arrière du véhicule, était un autre ami d'Andre, plus âgé. À l'interrogatoire, il avait admis qu'il était présent, dans la voiture, ce soir-là, mais il avait juré que ce n'était pas lui qui avait tiré. Ensuite il les avait aidé à enterrer le cadavre et à pousser en vain la voiture dans l'eau. N'importe qui l'aurait fait, dit-il, pour aider des amis. Quant au Saint, le journal rapportait qu'il n'avait pas prononcé un seul mot, depuis qu'on l'avait interpellé à son domicile — alors je compris qu'il était encore vivant, et qu'il n'avait pas changé.

Je savais qu'il disposait d'un modèle de comportement précis et qu'il l'appliquait en toute lucidité. De Gethsémani au Calvaire, le Maître en avait fixé les règles immuables — chaque agneau peut en disposer à l'heure du sacrifice. C'est un protocole du martyre que nous désignons par un terme sublime quand on y réfléchit, *Passion* — un terme qui pour tout le reste du monde signifie désir. À partir d'expertises balistiques soignées, la police finit par avoir une idée assez précise de la dynamique des faits. Celui qui avait tiré avait d'abord posé le canon sur la nuque de Sylvie, puis il avait appuyé sur la détente. Cela ne semblait pas être un accident. On s'assura que le revolver était celui du Saint. Aucun mobile, écrivent les journaux — l'ennui.

Je découpai l'article, je voulais le conserver. Tout était accompli, pensai-je — dans la honte infinie du meilleur d'entre nous. Le long voyage que notre immobilité dissimulait, je le voyais à présent sous les yeux de tous, secret devenu nouvelle, et mué en scandale. Comme la mort de Luca, ou la drogue de Bobby, l'emprisonnement du Saint passerait de main en main, objet incompréhensible — une plaie tombée du ciel, sans logique, sans raison. Pourtant, moi, je la savais respiration, bourgeon attendu d'une floraison éternelle. Je n'aurais pas su l'expliquer — c'était inscrit dans ma froideur, que personne ne comprendrait. Et dans chaque geste, que personne ne déchiffrerait.

Le téléphone sonna toute la journée, ce jour-là — le soir il sonna et c'était Andre. Elle ne m'avait jamais appelé avant. C'était la dernière chose à laquelle je pouvais m'attendre. Elle s'excusa, dit qu'elle aurait préféré qu'on se voie, mais elle n'avait pas le droit de sortir, elle était à la clinique, le petit allait bientôt naître. La petite, se corrigea-t-elle. Elle voulait me demander si je savais quelque chose, sur cette histoire qu'on lisait dans les journaux. J'étais persuadé qu'elle en savait plus que moi, c'était un coup de fil étrange. Je lui dis que je n'avais guère plus d'éléments. Et que c'était un truc horrible. Cependant elle continua à m'inter-roger — elle ne semblait pas s'intéresser beau-coup à ses deux amis, ses questions portaient essentiellement sur le Saint. Des questions frag-mentées, qui se perdaient. Elle affirma que cela ne pouvait pas être lui. Mais ils n'arriveront pas à le lui faire dire, répliquai-je. Elle resta silen-cieuse. Ce n'est qu'une maladresse, lança-t-elle, il ne sera pas bête au point de ruiner sa vie pour une maladresse. Elle riait, sans grande convic-tion toutefois. Je pensai que seuls les riches peuvent appeler maladresse un projectile tiré délibérément dans le crâne d'un être humain. Il n'y a que toi qui puisses parler de maladresse, réprouvai-je. Il y eut un long silence. Peut-être, dit-elle. Je tentai de la saluer, mais elle ne vou-lait pas raccrocher. Et pour finir elle me sup-plia S'il te plaît. Va lui parler, s'il te plaît. Dis-lui que je t'ai appelé. Dis-le-lui. Que je t'ai appelé. S'il te plaît. Cela ne semblait pas être Andre. La voix était la sienne, le ton aussi, mais pas les mots. Je le ferai, promis-je. J'ajoutai une politesse au sujet de la petite, que tout se passerait bien. Oui, confirma-t-elle. Nous nous saluâmes. Bise, me dit-elle. Je raccrochai.

Puis je restai songeur. J'essayais de comprendre ce qu'elle m'avait *vraiment* dit. Je sentais qu'elle ne m'avait pas contacté pour me poser des questions, ce n'était pas son genre, et pas non plus pour me demander une faveur, elle ne savait pas faire ça. Elle m'avait téléphoné pour me dire quelque chose à moi seulement, une chose qu'elle ne pouvait dire à personne d'autre. Elle l'avait fait comme elle évoluait dans la vie, avec cette élégance, ces poses affectées et ces gestes esquissés. Elle l'avait fait avec grâce. Je me répétai ses phrases — je me souvenais d'une urgence étouffée, dans le ton, et de la patience des silences. C'était comme un dessin. Lorsque je le déchiffrai, je compris avec une certitude absolue que le Saint était le père de sa fille — une vérité que je savais depuis toujours, mais de cette façon que nous avons de ne jamais savoir.

Je n'arrivai pas à le faire plus tôt — après quelques semaines, je rendis visite au Saint.

En remontant les couloirs qui me conduisaient au parloir, c'était la première fois que je mettais les pieds dans une prison, rien n'éveillait ma curiosité, les hauts plafonds, les grilles — seul m'importait le fait de parler avec lui. Je voyais la fin de toute la géographie que nous nous étions imaginée, l'abolition des distances, l'effacement de toutes les frontières — nous et eux. Et je me demandais si nous saurions nous orienter dans ce nouvel infini, aux avant-postes de l'infortune dans laquelle nous avait jetés la tempête. J'avais le projet de lui poser la question, et la certitude qu'il pouvait me répondre. Le reste m'agaçait, voilà tout, les procédures, les gens. Les uniformes, les visages méchants.

Tu es venu, me dit-il.

À part la tenue improbable, c'était lui. Un survêtement, de ceux qu'il ne portait jamais. Les cheveux courts, mais encore la barbe de moine. Un peu empâté, en apparence, bizarrement.

Je devais lui demander ce qui s'était passé — pas dans cette voiture ou avec Andre, cela n'avait pas d'importance. Ce qui s'était passé *pour nous*. Je le savais, mais pas avec ses mots, pas avec sa conviction. Je voulais qu'il me rappelle pourquoi, cette horreur.

Ce n'est pas une horreur, dit-il.

Il me demanda si j'avais reçu sa lettre. Cette lettre qu'il m'avait envoyée après la mort de

Luca. Sur le coup j'avais décidé de ne pas l'ouvrir, mais finalement je l'avais ouverte. Elle m'avait énervé. Ce n'était même pas une lettre. C'était juste la photo d'un tableau.

Tu m'as envoyé une madone, le Saint, que veux-tu que je fasse d'une madone?

Il bredouilla quelque chose, nerveux. Puis il dit qu'en effet, il aurait dû m'expliquer, mais il n'en avait pas eu le temps, à ce moment-là il s'était passé trop de choses. Il me demanda si malgré tout je l'avais gardée, ou pas.

J'en sais rien.

Fais-moi plaisir, cherche-la. Si tu ne la trouves pas je te la renverrai.

Je lui promis que j'allais la chercher. Il sembla soulagé. Il ne pensait pas pouvoir vraiment s'expliquer, sans cette madone.

Je l'ai découverte chez Andre, dit-il, dans un livre. Mais je n'ai même pas essayé de lui expliquer, tu sais comme elle est.

Je ne dis rien.

Tu as eu de ses nouvelles? s'enquit-il.

Oui.

Que dit-elle?

Elle n'arrive pas à croire que ce soit toi. Personne n'arrive à le croire.

Il fit un vague geste en l'air.

J'ajoutai qu'Andre était à la clinique, quand elle m'avait appelé, et qu'elle était embêtée parce qu'elle aurait voulu aller le voir, et qu'elle ne pouvait pas.

Il fit oui, avec sa tête.

Tu veux que je lui transmette quelque chose ? demandai-je.

Non, dit le Saint. Laisse tomber.

Il réfléchit un peu.

Enfin si, dis-lui que je — et il n'alla pas plus loin.

Que c'est bien comme ça, ajouta-t-il.

Je n'en mettrais pas ma main au feu, mais sa voix avait un peu déraillé, en même temps qu'il avait eu un geste nerveux, levant la main brusquement.

La petite — pas un mot à son sujet.

Il y avait une durée limitée, pour ces entretiens, et un gardien était chargé de la faire respecter. Drôle de métier.

Ainsi nous nous mîmes à parler vite — comme si nous étions poursuivis. Je lui dis que je ne savais pas d'où recommencer — que tout ce qui avait été déchiré par eux maintenant je voulais le recoudre, mais avec quel fil ? Je m'interrogeais sur ce qui avait bien pu survivre à cette soudaine accélération de notre lenteur, et il comprit que je n'arrivais pas à trouver les bons gestes, ne me rappelant plus quels étaient les nôtres, et quels étaient les leurs. Rapidement je lui parlai des larves, mais aussi du silence des églises, et des pages des Évangiles parcourues, cherchant celle qui me donnerait une réponse. Je lui demandai s'il n'avait jamais le sentiment que nous étions allés trop loin, sans avoir l'humilité d'attendre —

et s'il n'y avait pas une étape, dans l'édification du Règne, que nous n'avions pas comprise. Je guettai chez lui une nostalgie — celle que j'avais moi.

Puis je résumai tout en une phrase.

J'aimais mieux avant — avant Andre.

Le Saint sourit.

Il m'expliqua alors de sa plus belle voix — c'est un vieux, quand il prend cette voix.

Il me donna les noms, et les géométries.

Chaque empreinte, et tout le chemin.

Jusqu'à ce que le gardien avance de quelques pas pour nous communiquer que la séance était terminée — mais sans méchanceté. De façon neutre.

Je me levai, remis ma chaise en place.

Nous nous saluâmes, un geste et quelque chose murmuré doucement.

Puis dos à dos, sans nous retourner.

Je gardai en tête sa certitude — *ce n'est pas une horreur.*

C'est quoi, alors ? pensais-je.

Pour la faire rentrer dans l'enveloppe, le Saint a plié la madone en quatre, mais soigneusement, bord à bord. C'est la page d'un livre, un de ces grands livres d'art, en papier glacé. D'un côté il n'y a que du texte, de l'autre la Madone — avec l'Enfant. Il est important de préciser qu'un seul regard suffit à l'embrasser entièrement — une lettre de l'alphabet. Bien qu'il y ait beaucoup de choses distinctes dans le tableau, bouche, mains, yeux — et deux choses plus distinctes que les autres, la mère et l'enfant. Mais toutes fondues en une image qui est clairement une, et une seule. Dans le noir, autour.

C'est une vierge — ça, il faut le rappeler.

La virginité de la mère de Jésus est un dogme, établi par le concile de Constantinople en 553, aussi est-ce matière de foi. En particulier, l'Église catholique, donc nous, croit que la virginité de Marie doit être considérée comme perpétuelle — c'est-à-dire effective avant, pendant et après l'accouchement. Ainsi ce tableau représente une mère vierge et son enfant.

Disons qu'il le fait comme si une infinité de mères vierges d'une infinité d'enfants avaient été rappelées ici, du lointain où elles demeuraient, pour tendre vers une seule possibilité, en oubliant leurs négligeables différences et singularités — rappelées à une posture unique, d'une intensité condensée. Chaque mère vierge et chaque enfant, donc — ça aussi c'est important. Dans un geste tendre de la Madone, par exemple, se concentre toute la mémoire de *chaque* tendresse maternelle — la tête inclinée d'un côté, sa tempe touche celle de l'Enfant, la vie passe, le sang bat — dans la tiédeur.

L'Enfant a les yeux fermés et la bouche grande ouverte — agonie, prophétie de mort, ou faim seulement. Sa mère vierge lui tient le menton avec deux doigts — un cadre. Blancs les langes de l'enfant, pourpre le manteau de la mère vierge — noir le voile, qui les couvre tous les deux.

Totale est l'immobilité. Il n'y a pas de poids susceptible de tomber, de pli prêt à s'effacer, ou de geste à achever. Ce n'est pas un arrêt dans le temps, une faille entre un avant et un après — c'est *l'éternité.*

Sur le visage de la mère vierge, une main invisible a gommé toute expression possible, laissant un signe qui n'a pas d'autre sens que lui-même.

Une icône.

Si on la fixe un long moment, le regard s'y abîme graduellement, suivant une trajectoire qui semble inévitable — presque hypnotisé. Ainsi chaque détail se dissout, et à la fin la pupille ne bouge plus, avec le regard, mais se focalise sur un point unique, où elle voit tout — le tableau entier, et chaque monde convoqué ici.

Ce point se situe au niveau des yeux. Les yeux, sur le visage de la Madone. C'était une norme de beauté qu'ils n'expriment rien. Vides — en effet ils ne regardent pas, ils sont faits pour recevoir le regard. Ils sont le cœur aveugle du monde.

Quelle virtuosité faut-il pour obtenir tout cela ! Combien d'erreurs avant d'atteindre cette perfection ! De génération en génération ils se sont transmis cette besogne, sans jamais douter qu'ils y arriveraient, tôt ou tard. Quelle nécessité les poussait, pourquoi tant d'application ? Par quelle promesse étaient-ils liés ? Que fallait-il sauvegarder, pour les enfants de leurs enfants, à travers l'œuvre de leurs mains ?

L'ambition qu'on nous a enseignée — voilà la réponse. Un message secret, caché derrière le culte et la doctrine. Le souvenir d'une *mère vierge*. Divinité impossible en laquelle reposait, paisiblement, tout ce que dans l'expérience humaine ils connaissaient comme arrachement et déchirure. Chez elle ils adoraient l'idée qu'une beauté unique puisse réunir tous les contraires, tous les opposés. Ils savaient que dans le sacré cela s'apprend, l'unité cachée des extrêmes, et la capacité que nous avons de la faire renaître d'un seul geste, accompli — que ce soit un tableau ou une vie entière. Vierges et mères — ils parvinrent à l'imaginer comme sérénité, et perfection. Ils ne trouvèrent la paix que lorsqu'ils la virent, générée par leur virtuosité.

Ainsi la promesse a été maintenue, et les enfants de leurs enfants ont reçu en héritage courage et folie. Plus que n'importe quelle inclination morale, et à l'encontre de toutes les doctrines, ce que nous avons retiré de notre formation religieuse a été en premier lieu un modèle formel — un modèle répété de façon obsédante dans la violence des images qui nous racontaient la bonne nouvelle. La même unité folle de la Vierge mère demeure dans l'extase des martyrs, et dans chaque apocalypse qui est commencement des temps, et dans le mystère des démons qui étaient des anges. Au sommet de tout cela, un peu charogne, elle demeure dans notre icône ultime et définitive, celle du Christ cloué sur la croix — réunion d'extrêmes vertigineux, père fils saint-esprit, en un unique cadavre, qui est Dieu sans l'être. De l'aporie par excellence nous avons fait un talisman — nous sommes les seuls qui adorent un dieu mort. Dès lors comment pouvions-nous ne pas suivre, en premier lieu, cette vocation à l'impossible — et cette ambition d'abolir toutes les distances ? Ainsi, tandis qu'on nous enseignait le droit chemin, nous avions déjà tissé notre toile de sentiers, et notre destination était partout.

On ne nous a pas dit que c'était aussi difficile. Donc nous dessinons des madones imparfaites, surpris au final de ne pas trouver ces yeux vides — mais plutôt la douleur et le remords. C'est pourquoi nous nous blessons, et mourons. Or c'est simplement une question de patience. D'entraînement.

Pour le Saint, c'est comme les doigts d'une main. Il s'agit juste de les replier lentement, avec la force d'une douce poigne — dussions-nous y passer une vie entière. Il dit que nous n'avons rien à craindre, et que si nous sommes tout, c'est là notre beauté, non notre maladie. C'est le revers de l'horreur.

Il dit également qu'il n'y a jamais eu un avant Andre, parce que nous étions comme ça depuis toujours. Par conséquent nous n'avons droit à aucune nostalgie, et ne disposons d'aucun moyen pour revenir en arrière.

Il dit qu'il ne s'est rien passé. Il ne s'est jamais rien passé.

Alors je suis revenu aux gestes que je connaissais, les retrouvant l'un après l'autre. Dernier en date, j'ai voulu aller à l'église, le dimanche, pour jouer. Il y avait d'autres gars, désormais, un nouveau groupe — le prêtre ne pouvait pas faire sans, il nous avait remplacés. Ils étaient jeunes, et n'avaient pas d'histoire, si je puis dire — il y en avait peut-être un, au clavier, qui valait quelque chose. Les autres étaient des gamins. J'ai tout de même demandé si je pouvais me joindre à eux, avec ma guitare, et ils étaient honorés. Il faut dire que quand ils avaient treize ans ils venaient à la messe pour nous écouter nous — du coup on peut comprendre la situation. Il y en avait même un qui, avec ses cheveux et sa barbe, essayait de ressembler au Saint. C'était le batteur. Pour finir je me mis là, un peu à l'écart, avec ma guitare, et fis ce que j'avais à faire. Ils voulaient que je chante, mais je leur fis comprendre que non, je ne chanterais pas. Rester là et jouer — c'est tout ce qui m'importait.

Seulement je n'avais pas gratté deux accords du chant d'entrée que déjà je sentis tout fondre sur moi — combien était ridicule ma présence ici, et illusoire toute sensation de retour à la maison. J'étais tellement vieux, là au milieu — en années, bien sûr, mais surtout en innocence perdue. J'avais beau me cacher derrière les autres, on ne voyait que moi. Les parents, de leurs bancs, et les petits frères, me cherchaient des yeux, ils voulaient voir le survivant — et en moi l'ombre noire de mes amis disparus. Cela ne me dérangeait pas, je l'avais cherché, c'était peut-être justement ce que je voulais, je ne voulais plus rien cacher. Il me semblait primordial de faire tout remonter à la surface. Aussi me laissais-je regarder — je le prenais comme une humiliation, sincèrement il n'y avait ni narcissisme ni quelque forme d'esbroufe, je le vivais comme une humiliation, et être humilié de la sorte, sans violence, c'était ce que je voulais.

À un moment donné le prêtre réussit à glisser en une phrase que j'étais revenu et que toute la communauté me saluait, le cœur plein de joie. Beaucoup, sur les bancs, hochèrent la tête en signe d'approbation, et on gaspillait les sourires, dans un joyeux brouhaha — tous les yeux sur moi. Je ne fis rien. J'avais juste peur qu'on ne se mette à applaudir. Mais il faut préciser que ces gens-là sont éduqués, ils connaissent encore la mesure de ce qui est approprié ou non — un art qui se perd.

Tout de suite après je fixais les cheveux du prêtre, pendant son sermon, et pour la première fois je remarquai comment ils étaient. J'aurais pu m'en apercevoir des années plus tôt, et pourtant ce n'est que ce jour-là que je le vis vraiment. Longs d'un côté, ils étaient ramenés jusqu'à l'autre partie du crâne, pour couvrir la calvitie. Ainsi la raie, à l'endroit où ils étaient rabattus, s'avérait ridicule et basse, presque immédiatement au-dessus de l'oreille. Ils étaient blonds, et peignés avec le soin qui s'imposait. Sans doute à l'aide de produits fixants. Là-dessous, le prêtre parlait du mystère de l'Immaculée Conception.

Personne ne le sait, mais l'Immaculée Conception n'a rien à voir avec la virginité de Marie. Cela signifie que Marie est née sans porter la trace du péché originel. Il n'est donc pas question de sexe.

Et je me demandais quelle importance cela pouvait avoir, les cheveux que l'on a, lorsqu'on se place dans la perspective de la vie éternelle, et de l'édification du Règne. Comment pouvait-on perdre du temps pour des choses de ce genre — il utilisait sûrement une sorte de laque, il avait dû sortir un jour pour *se l'acheter*.

Car je n'avais pas non plus appris la clémence, ou l'art de comprendre, à travers nos aventures. La pitié pour ce que nous sommes, tous.

Je profitai du sermon — ce prêtre les hypnotisait, et je me mis à observer les visages, entre les bancs, maintenant qu'ils ne me fixaient plus. Plein de gens que je n'avais pas vus depuis fort longtemps. Alors, à l'un des derniers rangs, je crus d'abord m'être trompé, mais finalement c'était bien elle, Andre, assise à la place la plus proche de l'allée centrale — elle écoutait, mais en jetant des coups d'œil autour d'elle, curieuse.

Si cela se trouve ce n'était pas la première fois, qu'elle venait.

Je la détestais, désormais, parce que je continuais à penser qu'elle était à l'origine de la plupart de nos maux, cependant à cet instant je sentis indéniablement qu'au milieu de tous ces étrangers il y avait quelqu'un de ma terre, tant s'étaient déplacées les frontières de ma perception. Même si c'était absurde, il me sembla que sur cet étrange radeau, il y avait aussi l'un des miens — et l'instinct de rester proches.

Mais cela ne dura qu'un instant.

Ainsi, la messe terminée, je lui laissai le temps de s'en aller. Je dis au revoir aux gars du groupe puis rejoignis le premier banc ; là, je me mis à genoux et restai à prier, le visage entre les mains, les coudes sur le support en bois. C'était une chose que je faisais souvent, avant. J'aimais entendre les bruits des gens qui coulaient hors de l'église, sans les voir. Et retrouver un point, en moi-même.

Je me levai, enfin, et seuls subsistaient les

gestes feutrés des enfants de chœur qui débar-
rassaient l'autel.

Je me tournai et Andre était toujours là, à sa
place, assise — l'église presque vide. Je compris alors que cette histoire n'était pas encore
terminée.

Je fis le signe de la croix et commençai à
remonter l'allée centrale, dos à l'autel.

Arrivé à hauteur d'Andre, je m'arrêtai et la
saluai. Elle se décala un peu, sur le banc, pour
me faire une place. Je m'assis à côté d'elle.

Cependant j'ai été élevé dans une résistance
obstinée, qui considère la vie comme une noble
obligation, dont il faut s'acquitter avec dignité et
intégrité. Mes parents m'ont donné de la force et
du caractère dans cette perspective, et j'ai hérité
de chacune de leurs tristesses, pour en faire des
trésors. Il est donc clair dans mon esprit que
je ne mourrai jamais — sinon dans des gestes
fugaces ou des moments voués à l'oubli. Je n'en
doute pas également, plus incisif que n'importe
quelle peur se révélera mon départ.

Et il en sera ainsi.

DU MÊME AUTEUR

Aux Éditions Gallimard

NOVECENTO : PIANISTE. Un monologue / NOVECENTO. Un monologo, 2006 (Folio Bilingue n° 141)

CETTE HISTOIRE-LÀ, 2007 (Folio n° 4922)

EMMAÜS, 2012 (Folio n° 5739)

Dans la collection Écoutez lire

SOIE (2 CD)

NOVECENTO : PIANISTE (2 CD)

Aux Éditions Albin Michel

CHÂTEAUX DE LA COLÈRE, 1995 (Folio n° 3848)

SOIE, 1997 (Folio n° 3570)

OCÉAN MER, 1998 (Folio n° 3710)

L'ÂME DE HEGEL ET LES VACHES DU WISCONSIN, 1999 (Folio n° 4013)

CITY, 2000 (Folio n° 3571)

NEXT. Petit livre sur la globalisation et le monde à venir, 2002

SANS SANG, 2003 (Folio n° 4111)

HOMÈRE, ILIADE, 2006 (Folio n° 4595)

Aux Éditions Calmann-Lévy

CONSTELLATIONS, 1999 (Folio n° 3660)

Aux Éditions Mille et une nuits

NOVECENTO : PIANISTE, 2000 (Folio n° 3634)